LA PERRÚBELA

ÓSCAR SÁNCHEZ FÉLIX

ola
PUBLISHING
INTERNACIONAL

ISBN: 978-1-63765-184-1

Hola Publishing Internacional
www.holapublishing.com

Impreso y encuadernado en los Estados Unidos de América

ÍNDICE

INTRODUCCIÓN

En pleno año 2058 cualquiera pensaría en grandes avances científicos y tecnológicos que asombrarían a propios y extraños, pero no. Los últimos gobiernos, al ser los más ineficientes de la historia, han provocado un retraso de 80 años en la vida social y política de la Tierra, sin contar los 1,000 años de desfase evolutivo que ya traíamos arrastrando con relación a otros planetas.

Anclados en los últimos lugares de la tabla, hoy en día nos sigue sorprendiendo el descubrimiento del fuego, de la rueda y la invención del internet. Mientras tanto, miles de millones de galaxias a nuestro alrededor se mueren por ser descubiertas y colonizadas, sin embargo, no contamos ni siquiera con los medios para transportarnos a esos lugares, mucho menos para conquistarlas o competir con ellas.

Es cierto que hay novedades, como modernas naves, robots domésticos, drones de avanzada, máquinas autónomas, inteligencia artificial, smartphones, módulos de teletransportación, nanocomputadoras y muchos más inventos funcionales, pero la mayoría de estas modernidades provienen del exterior.

Desde principios del siglo las cosas no andaban muy bien, pero tampoco tan mal; cuando menos teníamos crecimiento y desarrollo, magros, pero constantes. Entonces vino aquel fatídico incidente cuando cayó en la Tierra esa criatura fea y malévola que desafortunadamente tuvo la idea de incursionar en la política.

Ese fue el inicio de la debacle; las cosas empeoraron exponencialmente y por ningún lado se veían síntomas de mejora que pudiesen brindar esperanza a la sociedad terrestre. Pero, ¿de dónde provino ese nocivo ser que puso en jaque a la Tierra, llevándola a umbrales inimaginables próximos a su colapso y aniquilación?

Cuenta la historia que luego de haberse averiado la nave en la que viajaba por la vía láctea, buscando combustible para las modernas y lujosas naves de su planeta, ese ente voló erráticamente, dando tumbos a través del Universo, por lo que cayó aparatosamente en unos campos agrícolas al pie de los Alpes japoneses.

Como consecuencia de haber permanecido expuesto a un campo gravitatorio con una elevada concentración de masa, la constitución corporal del ente se modificó y sus capacidades motrices y del habla se afectaron. Pudo conservar rasgos hereditarios de sus congéneres, pero deformados, desproporcionados y ridiculizados al extremo.

El planeta Aurita es gobernado por la raza perruna y la protagonista era en realidad una Akita Japonesa; sin embargo, como consecuencia de los traumáticos eventos que sufrió, quedó convertida en un adefesio que asusta y produce picazón tan sólo con su cercanía.

Ella se cree y se siente humana, ya que también perdió parte de su memoria y su único contexto de referencia se limita a su estancia en la Tierra. No recuerda sus raíces ni su pasado y piensa que es igual a las personas con las que coexiste día a día.

La Perrúbela termina por ser aceptada en la sociedad japonesa, pues su presencia es irrelevante e inofensiva, aunque bastante molesta. Participa en diversos trabajos y oficios dentro de la iniciativa privada donde le va increíblemente bien. Su insólita buena suerte y su notoria torpeza se enfrentan en una lucha constante de supremacía, donde siempre predomina la fortuna, y obtiene beneficios económicos que no perjudican a nadie en específico.

El problema empieza cuando ella decide cambiar de giro y escala hasta los más altos rangos dentro del servicio público. Ávida de protagonismo, torpe, arbitraria, insensible y con un inmenso poder concentrado irresponsablemente en ella, la Perrúbela se convertirá en una terrible amenaza para la vida en la Tierra tal y como la conocemos.

1
AUDIENCIA PÚBLICA

Amigo mío, tú y yo somos un buen par de dos. Nos parecemos mucho, somos los mejores de los mejores amigos y jamás nos separaremos. Ambos tuvimos la oportunidad de vivir inolvidables aventuras juntos y trabajar para la reina de la Tierra; eso nos vuelve casi hermanos. Aquellas fueron épocas muy duras donde tuvimos muchos aprendizajes, pero al mismo tiempo espero que no vuelvan a repetirse jamás; no cualquiera sobrevive a eso que llamaron la Transmutación Perrona.

El haber trabajado para la tirana no nos debe enorgullecer ni a ti ni a mí, pues ambos somos de noble corazón. Y es que mejor ejemplo del abuso del poder sin límites, de la autocracia y del absolutismo retrógrado y anacrónico, no existe en ningún otro lugar de nuestra galaxia, ni fuera de ella.

Y si a eso le agregamos la insensibilidad, la antipatía, la ineptitud y la inmoralidad que distinguía a la mandataria, no podríamos encontrar un ser que mejor representara ese modelo de gobierno dictatorial, reaccionario, humillante e indigno que tanto daña al desarrollo y al bienestar de las sociedades de cualquier lugar del Universo.

La madama era la embajadora perfecta de los regímenes depredadores; los que, como se sabe bien, no son ni justos ni equitativos, sino todo lo contrario: son manipuladores, coercitivos y sólo favorecen al corrupto, al poderoso y al adulador.

Por regla general, los gobiernos populistas de los que la reina era parte central otorgaban los cargos más importantes a quienes no los merecían: al amigo, al familiar, al corrupto; siempre y cuando se tratara de personas sin carácter, maleables, que no opusieran resistencia y, de preferencia, que no pensaran. Y si no sabían leer ni escribir, mucho mejor; el perfil para el puesto era lo de menos.

En todos los gobiernos emanados de estas clases políticas abundan el nepotismo, la discriminación, la misoginia, la desigualdad, la falta absoluta de respeto por los derechos de expresión, asociación y petición, y, por supuesto, tampoco se toman en cuenta los méritos y capacidades que ostentan las personas y otros entes que intentan acceder a un cargo público. Siempre ha sido, es y será así; los inmorales cabecillas de los gobiernos populistas sin ningún pudor benefician a sujetos cuyo único renglón sobresaliente de su currículum vitae es el apartado donde se lee: *soy pariente de tal o cual funcionario público, soy compadre de fulano diputado, soy compañero de clase de piano de la hija de don perengano, propietario de un latifundio de más de 2,000 hectáreas de tierra de riego y dueño de 1,000 cabezas de ganado, incluidos los cuerpos.*

La reina simpatizaba con estos personajes nefastos y con sus propuestas, pues su personalidad empataba fielmente con ellos; era igual a ellos y admiraba con fervor a estos líderes. Ella, debido a su complejo de inferioridad, añoraba seguir sus pasos, ser como ellos, hablar como ellos, comer como ellos, respirar como ellos.

Esas actitudes que asumía la reina al frente del gobierno del planeta empezaron a llamar poderosamente la atención de la gente pensante. Así que se realizaron diversos estudios a cargo de los más destacados especialistas, entre los cuales figuraban psicoanalistas, antropólogos, sociólogos y hasta veterinarios.

Los resultados fueron alarmantes y desesperanzadores. Todos coincidieron en que la soberana era una enferma mental y que en su ser convergían todo tipo de defectos y traumas que debieron ser motivo suficiente para que ya no siguiera en el cargo; más bien debería estar en reclusión con una elegante camisa de fuerza.

Los principales síntomas detectados en cuanto a su demencia fueron: autovaloración maximizada, ausencia de remordimientos, carencia de empatía, delirio de persecución, estupidez sin límites, vulgaridad sublimada, etcétera.

Los expertos llegaron a la conclusión de que en el pequeño y hueco cerebro de la mandataria se concentraba todo lo malo y dañino que existe; todos los defectos habidos y por haber, y más.

Y ese sueño húmedo y latente de regresar al comunismo, que crecía y se desarrollaba peligrosamente en sus escasas neuronas, no es que la reina lo dijera con todas sus letras, pero lo gritaba a los cuatro vientos a través de sus dichos y hechos, al defender y apoyar con enfermiza obsesión a los pocos regímenes fascistas, y a sus sindicatos, que sobrevivían en el globo, prácticamente con respiración artificial.

Sí, su más ambiciosa meta, su más ansiado sueño, compartido con algunos pocos líderes igual de retrasados e ignorantes que ella, era regresar a aquellos buenos tiempos de expropiaciones ilegales cuando se les arrebataban todos sus bienes, arbitrariamente, a los empresarios.

Yo creo que para lo único que era buena la reina, y aquí sí me quito el sombrero, era para denostar y calumniar sin argumento alguno a quien osara disentir de ella; para eso sí se pintaba sola. Todo mundo conocía su forma de debilitar y a veces pulverizar a sus enemigos y adversarios a través de sus discursos y utilizando los recursos del erario.

Nadie podía, por ningún motivo, hacer pública alguna declaración contraria a la ideología u ocurrencias de la despiadada reina, pues si no respetásemos esta arbitraria regla podríamos sufrir junto con nuestras familias y allegados las más atroces represalias y castigos.

Sus frecuentes encontronazos con los medios internacionales se convirtieron en el patíbulo donde se juzgaba sumariamente a sus adversarios, donde la misma reina acusaba, sentenciaba y condenaba a quienes, para su particular percepción, eran responsables de algún delito. Ella tenía a su servicio un séquito servil que la obedecía ciegamente y se convertía en su brazo ejecutor.

Ay de aquellos valientes comunicadores, intelectuales, científicos o representantes de la sociedad civil, o de algún partido terrestre o agrupación de otro planeta no afines a su ideología, que mostraran el menor indicio de insurrección o contrariedad ante el divino poder; como respuesta a eso, de inmediato se iniciaría una persecución legal y fiscal a través de las instituciones judiciales al mando de la reina, las que deberían de servir y cuidar a la sociedad.

Como parte de este entramado que se utilizaba para la vigilancia y clasificación de las publicaciones acerca del gobierno se creó un comité de medios, el cual era presidido por la mandataria, quien determinaba la veracidad de las notas publicadas por los "malosos", así como las sanciones que deberían aplicarse en cada caso.

Dicho órgano colegiado se integraba por 11 miembros y todas las decisiones y acuerdos se llevaban a cabo por votación y podían ser aprobadas por mayoría de votos o unanimidad.

La mandataria ostentaba la presidencia del Comité por autodesignación y con derecho a ratificación; su voto valía el 60% y el de los 10 miembros restantes valía 4% cada uno, es decir, el 40% restante. Casi todos los dictámenes se aprobaban por mayoría de votos, a excepción de los casos en que la reina votaba en contra de ella misma; en cuyos supuestos, según el reglamento, se convocaría a otra reunión dentro de las siguientes 24 horas con los miembros que asistieran y donde la mandataria tendría la posibilidad de modificar su voto y enmendar su error.

Ya determinada la punibilidad de cada conducta analizada por el órgano colegiado, se echaba mano de todo el andamiaje del Estado, el cual la mandataria convertía en la espada de Setep para castigar a los responsables de estos atrevimientos y también para defenderse de sus enemigos imaginarios que la asediaban 24/7.

Yo, que era cercano a la reina por trabajar para el gobierno desde siempre, me atrevo a asegurarte que de las 10 horas al día que la mandataria debía trabajar de acuerdo con la ley, siete las destinaba para sus coloquios y chismes, y las tres horas restantes las usaba para comer, emborracharse, fumar y dormir.

Sus conferencias, lejos de ser un ejercicio de difusión de las políticas gubernamentales que por su investidura estaría obligada a hacer públicas, eran más bien un soliloquio y un concierto de chismes más vulgares que los que se dan en los lavaderos de los arrabales. Sin embargo, por tratarse de quien se trataba, lo que ahí se dijera se debería considerar como toda una formal rendición de cuentas e información gubernamental de trascendencia universal.

Desafortunadamente, esos datos contaminados de falsedad e inquina eran los que llegaban al 90% de la sociedad, y de ese 90%, un 90% los creía, y del 90% que los creía, el 90% era violento, y de ese 90% que era violento, el 90% se animaba a demostrarlo. He ahí el riesgo.

No sé si te acuerdes, pero por aquellos años, cuando había oportunidad, yo apoyaba en los eventos que hacía la reina, fungiendo como moderador en sus audiencias públicas en la sala VIP del castillo. Recuerdo en especial aquella conferencia que se tornó bastante complicada porque en esa sí le hicieron preguntas de verdad. Me disculpé con el grupo de comunicadores que se aglomeraban en la sala y con los que yo conversaba amigablemente, como era mi costumbre: "Disculpen, amigos y amigas, ya va a empezar el monólogo, digo, la conferencia. Hoy, como maestro de ceremonias, me toca presentar a la reina. Ya salió Rodolfo y es la señal. Más tarde, si gustan, seguiremos platicando, no se vayan". Luego continué: "Señoras y señores asistentes a este magno evento, con ustedes, la reina de la Tierra, la salvadora del pueblo, la redentora de las causas nobles, la mesías resucitada, el azote de la corrupción, la enemiga de las injusticias, la más bella —bueno, bella no tanto, la verdad—, la más buena, la más humana… —humana tampoco, perdón— ¡Recibamos con un fuerte y caluroso aplauso a la reeeiiinaaa Peeerrúúúbeeelaaa! ¡Adelante, Soberana!".

—¡Buenos días a todos! ¡Ánimo! ¿Ya son tardes? ¿Cómo? ¿Amanecieron? Ja, ja, ja ¿Ya desayunaron? ¡Bueno, bueno! Empezamos. ¿Ya empezamos? ¿Sí me oyen? Ya se hizo tarde. No hay descanso, pero a darle que es mole de olla, je, je, je. ¿Qué hay? Bueno, vamos a entrar en materia con una magnífica noticia, una primicia; les va a dar mucho gusto. Hoy temprano estaba viendo unas encuestas, las que muestran que yo fui la mejor presidenta del antiguo Japón. No estoy presumiendo, ya saben que no es mi estilo, pero me mandaron felicitaciones de todo el globo por mis logros y obras que acumulé durante mi mandato de no me acuerdo cuántos años. Creo que fueron 10… o dos. Y también como reina de la Tierra he hecho mucho más de lo que me corresponde; muchas mediciones lo dicen a los cuatro vientos: soy la mejor evaluada de la galaxia. Hasta yo me sorprendo. No me lo van a creer, pero a donde quiera que voy la gente me grita: *¡Perrúbela forever! ¡Perrúbela forever!* Me piden que me reelija, pero yo no quiero, ya estuvo. Ya quiero jubilarme y descansar; merezco un *relax*. El pueblo es comprensivo y me tiene que entender. No es que ya no quiera gobernar, lo que pasa es que ya le quiero dejar el espacio a las nuevas generaciones; tenemos gente muy buena, muy preparada. Hay que elegir a alguien que sea sencillo, humilde; alguien que se parezca a mí, je, je, je. Sé que me van a extrañar, lo veo en sus ojos; por tantos logros y beneficios que les he dado. La Transmutación Perrona está más que sólida y seguirá por 1,000 años. Sigan mi ejemplo, ya les dejé el caminito. A mí no me gusta hablar de la sucesión, me pongo sentimental y melancólica; soy muy tierna y sensible y me dan muchas ganas de llorar. Cuando de casualidad hablo de eso es porque el pueblo me lo pide.

Pero no se asusten, no los pienso abandonar a su suerte, yo ya estoy escogiendo a quién quedará en mi lugar, pero eso lo va a valorar el pueblo, yo sólo propongo. Y lo hago nomás porque ustedes me lo piden, que conste, y lo hago con mucha responsabilidad, con mucho cuidado; ya saben que yo soy muy escrupulosa y honesta y escogeré la mejor opción. Lo bueno es que hay mucha tela de donde cortar pal relevo.

—Señora mandataria, según una nota que publicaron ayer en la revista *Great*, usted robó millones en su periodo presidencial en Japón y aseguran que es la presidenta más corrupta e incompetente que los japoneses han tenido en los últimos tiempos, y que también dejó en quiebra a ese país ¿Qué contesta a la afirmación de esa prestigiosa revista? —preguntó un reportero.

—Esas revistas son unos libeloides hostigativos que se crearon con el fin de desinformar al pueblo y de golpearnos.

—*Great* tiene 250 años de existencia, reina.

—No sabía ni que existía. A ver, dime una cosa: ¿dónde estabas tú cuando gobernaban mis opositores?

—Estaba en mi cuna, tenía dos años, señora.

—¿Por qué no dijistes nada?

—Todavía no hablaba.

—¡Pamplinas! Eso de que no sabías hablar es un pretexto. Podías haber hecho señas, oponerte con llantos, pero no, era más cómodo quedarte callado. ¿Por quién votastes?

—Los bebés no votan; además, el voto es secreto.

—Ya sé, pero ya crecistes y de seguro no has votado por nosotros. Se te nota a leguas que simpatizas con la línea dura. A ustedes los imperialistas se les da muy bien el fariseísmo;

aparentan ser eruditos, pero son unos zopencos fatuos con ideas caducas. Mira, aunque todavía no estamos en la sección de preguntas y evasivas, digo, respuestas, te voy a contestar de una vez porque lo cortés no quita lo Cuauhtémoc, ja, ja, ja, ja, ja. En mi gobierno la libertá de espresión sí es una realidá, ya nada es como antes. Esas mugres revistas fueron las más beneficiadas cuando gobernaban mis enemigos; ja, ja, ja (perdón; es que me acordé de Cuauhtémoc, cuando le quemaron los pies). Ustedes son de esos medios rapaces que nomás se arriman al nopal cuando tiene tunas. Bueno, yo creo que ni a medios llegan, si acaso al cuarto. Pero no quiero que te queden dudas o que digas que la reina no es claridosa. Te voy a dar una cátedra sobre lo que es la política, a ver si no me arrepiento, porque como dice el refrán de aquí de la Tierra: el asno da las gracias con una coz o con dos. Dicen que robé, ¡pues claro que robé! Pero yo robé poquito; si no me hubiera robado yo ese dinero, se lo roban otros. Yo tenía que valerme de todos los medios pa tener recursos pa apoyar a la gente. Con tal de ayudar a los más pobres yo me arriesgo a todo. Ahora mis enemigos andan de manita sudada con esas revistas, con los órganos electorales y de transparencia, con los intelectuales; hasta hacen pactos. ¡Alcahuetes! ¿Por qué antes no hablaban y ahora sí? Más claro no canta un gallo. Por eso desaparecí a los órganos autónomos, porque eran unas lacras que trabajaban en contra de la democracia. ¿Pa qué queremos organismos corruptos que sigan al pie de la letra los artículos de la Constitución de la Tierra? Yo no iba a quedarme callada viendo las atrocidades que planeaban cometer los antioligárquicos mezquinos y voraces. El niño es pedorro y le dan frijoles. ¡Pues no! De todo tengo pruebas, muchas pruebas de todas sus felonías, y las voy a presentar la semana quentra a la autoridá. Vamos a meterlos a la cárcel de por vida; que tiemblen nuestros enemigos. El pueblo exige, el pueblo ordena, el pueblo juzga. Insisten que son inocentes, que los hostigo, que los acoso a través de mis audiencias, yo digo que son culpables, pero nadie es dueño de la verdá, ni yo. ¿De qué se preocupan si son inocentes? Así decían los del OEA, que eran inocentes. ¿Se acuerdan? ¿Y qué pasó? Pues que ya desaparecimos esa organización antidemocrática que nomás estaba de adorno, gastando millones en no sé qué; no hacían nada, se la pasaban dormidos día y noche. Nomás me querían amarrar la chirimía pa que no hablara. Afortunadamente ya todos están en Chirona junto con los que quisieron ser candidatos pa competir conmigo, je, je. Pobres ilusos. Y no crean que les guardo rencor. ¡No! Si hasta les mando cigarros, je, je, je. Ahora nosotros manejamos las elecciones. ¡Y qué bonito! Siempre ganamos, ahora sí hay democracia, el pueblo es el que gana. Todos están felices, nadie se queja; cuando menos yo no veo ni oigo a naiden que se queje, y eso que soy bastante observadora. Me dicen que tengo ojo de águila y oído de tísica, je, je, je. Y aquí vamos a seguir gobernando hasta que el pueblo diga, pésele a quién le pese, siempre poniendo a la gente por delante. Si las leyes no sirven al pueblo, el pueblo no sirve a las leyes; hay que quitarlas o modificarlas. La justicia es primero y el pueblo va antes que la justicia. ¡No! La gente va primero y después la justicia. ¿O van juntas? Bueno, la idea es esa. Siempre me confundo porque el pueblo y yo somos uno mismo, je, je, je. Bueno, vamos a seguir hablando sobre la sucesión y todos esos temas tan interesantes, porque sí son muy interesantes, mucho. Hoy no se van a aburrir, se los aseguro. Acomódensen, les traigo un programa muy bueno y sin cortes, je, je, je. Nuestros enemigos no entienden que no entienden, que no cualquiera puede ser reina. No es enchílame otra gorda de manteca, hay que partírsela todos los días. Y es que en tiempos de campañas hay que caminar mucho bajo el Sol, y en tiempos de precampañas hay que precaminar. Cuando vamos a las giras le sufrimos reteharto: hace un calor de los 1,000 demonios, en todas partes te mientan la madre y te tienes que aguantar y correr, porque si te alcanzan te apedrean; los perros te ladran y a veces te muerden, bueno, a mí no me hacen nada porque soy linda y porque soy perra, juarr, juarr. Hay que recordar que todo ese trabajo se realiza en el trimestre de junio y julio, así que hay que levantarse temprano, antes de las 11, poner a trabajar a la gente y ser muy tercos. Se necesita tener mucho amor al pueblo; así como yo, que todo lo que hago es por amor a los pobres. Si no lo creen, vean mi zapatilla derecha con el tacón quebrado. Mi compadre Pancho, que en realidad se llama Gilberto, sabe muy bien de lo que hablo. Él se ha formado junto conmigo en la política, en la rebatinga, en los madrazos; siempre ha vivido del gobierno. Obvio que también ha sufrido descalabros y fiascos, pero no se amilana, él es muy terco y aferrado. Yo a mi compadre Pancho no lo veo desde hace más de ocho años, desde que participó en un debate como candidato a congresista. ¡Qué buenos recuerdos! ¿Se lo imaginan de congresista? Ja, ja, ja. Cuando el moderador le daba la palabra, el pobre tenía que pasar, y no una vez ni dos, sino que pasó varias veces, pues no sabía ni qué decir ni qué hacer. Mi comadre Martha se escondía detrás del telón, pues no quería que supieran que era esposa de mi compadre; se sentía avergonzada. La verdad es que mi compadre es un burro testarudo, por eso nunca pudo terminar la carrera de no sé qué. Creo que estaba estudiando pa maistro. De lo que sí me acuerdo es que el profe Chente le decía: "¿Otra vez tú, Gilberto? ¿Cómo te ayudo? Eres un cometa, y cuando de casualidad te apareces en clases no prestas atención y todo te pasa de noche". Una vez el profe le dijo: "Mira, Gilberto; hazme un trabajo sobre el tema que quieras y ponte la calificación que tú quieras, pero ya desaparécete de mi vista. No tienes hechura ni talento, pero te advierto que será la última vez". Después de muchas últimas veces supe que, a duras penas, el bruto de mi compadre consiguió su título. Yo creo que se lo robó, lo compró o lo falsificó; ya ven que ahora es bien fácil conseguir un título. Hay varias mafias financiadas por mis enemigos que por unos cuantos pesos te vuelven licenciado o arquitecto. Me hubiera gustado más ser comadre de Pancho Villa, ese sí que era un macho calado y, además, muy trucha. El mandamás de los güeros gastó millones con su caprichito de querer pillarlo y llevárselo pal otro laredo; los Yanquis nomás daban palos de ciego y nunca lo pudieron agarrar. Pancho Villa era muy listo y escurridizo. Pancho Villa era de aquí del Japón, a mucha honra. Empezó desde abajo hasta que se hizo a sí mismo, aunque nunca aprendió a leer; en eso se parecía a mí. Él arrollaba con su personalidá; en eso también se parecía a mí. Él era muy mujeriego; en eso también se parecía a mí. ¡No! ¡En eso no! El pobre quedó huérfano muy plebe y tuvo que trabajar como burro en lo que podía, pa la papa. Pero volviendo al otro Pancho, a mi compadre, al burro pues, lo que lo favoreció es que en la política no se ocupan estudios, nomás se necesita ser parlanchín y fiel. Mi compadre, cuando menos, es fiel; pa hablar no es muy bueno, la verdá. Bueno, no hay que negar que él también tiene muchos puntos a su favor, muchas cualidades, como, por ejemplo... Bueno, no me acuerdo ahorita de ninguna gracia que tenga, pero tiene muchos talentos. Lo que sí sé es que supo acomodarse muy bien en el equipo; se fue metiendo como la humedá y se enquistó en el gobierno. Yo lo apoyo porque es incondicional, es fiel. Si yo digo rana, él salta. Mi compadre Pancho sí sabe de fidelidá, no como esos hipócritas de enfrente que nomás se la llevan viendo a ver cómo nos friegan la vida. Pero no se me duerman, que les sigo platicando sobre este interesante tema del debate político. ¡Los tengo en ascuas, je, je! Siempre he sido buena pa contar historias. Pues resulta que mi compadre tenía una asistente pa que lo asistiera, pero ella nunca llegó al show. La muy tonta le tenía que haber entregado las tarjetas con sus notas pa que hablara en cada tema, ronda, bienvenida, réplica, contrarréplica y conclusiones. Cuando le tocó hablar, mi pobrecito compalle nomás se quedó mirando al moderador y luego al público, todo tembloroso y perplejo; se miraba muy ridículo la verdá. Él subía y bajaba las orejas como un perrito cuando trata de descifrar lo que el amo le dice; con los ojos saltones y sin saber qué hacer ni qué decir. Bueno, él sí sabía muy bien qué decir: ¡Paso! Je, je, je. En cuanto terminó el debate, sin esperarse a las entrevistas y a las fotos y videos que se acostumbran en esos casos, mi compaíto salió del auditorio disparado y muy enojado, y con justa razón, pues todo fue culpa de la inútil de su auxiliar. No sé qué le vio mi compadre a ella, la *verdá* yo estoy mucho más bonita y esbelta. ¡Pa eso se le pagaba a la estúpida! Bueno, no le pagábamos todavía, pero le íbamos a dar un güeso cuando mi compadrito estuviera arriba. La mensa no llegó a tiempo al evento porque su taxi chocó y se la llevaron al hospital. ¿Se imaginan? ¿A quién se le ocurre chocar el día de un debate tan importante? Y en un Uber. ¡Los Ubers no chocan! Los Ubers son del pueblo. Ahí andaba la muy mustia con su collarín, respirando con dificultá y renqueando de una pata; traía la carga ladeada, je, je. También llevaba una bolsa llena de medecinas, como el doctor Chapatín, tratando de inspirar lástima pa que mi compadre la perdonara y la recontratara. Aunque siendo honestos, la verdá es que la muchacha sí estaba muy bien preparada, y muy guapa, claro que no tanto como yo; creo que hasta tenía una especialidá. Lo que sí es un hecho es que ella era 1,000 veces más trucha que mi compadre, que no rebuzna porque no se sabe el tono, je, je. Yo no conozco a naiden que sea tan letrada como yo; yo sé mucho de todo, pero soy muy modesta, además de culta e inteligente. Y no es por presumir, que no se malinterprete, pero ya he escrito varios libros. ¿Cuántos libros he escrito, Rodolfo?

—Nueve —respondió Rodolfo.

—Y nadie me ayuda, yo los escribo solita —declaró la mandataria.

—¿Cómo se llaman los libros, dictadora?

—No me acuerdo —replicó la reina.

—¿Cómo es que no sabes los nombres de tus propios libros? ¿No será que te los escribieron tus esbirros? Si todo mundo sabe que tú no sabes leer ni escribir.

—Mira, a ti de seguro te enviaron mis opositores a insultarme. Voy a tomar nota y te voy a exhibir por el megáfono público, y ya no estés interrumpiendo; hazme el favor de respetar la investidura. Soy la reina de la Tierra. ¿Tú quién eres? Un pelagatos come cuando hay; nunca saldrás de perico perro. ¡Igualado éste! Seguimos, pues, con el tema de mi compadrito. Hubo varias versiones del incidente que les platicaba, del debate; unos decían que fue estrategia del partido accidentar a la secretaria pa que así no llegara con la información y que mi compadre no se viera obligado a hablar en público y nos fuera a dejar en vergüenza; sirvió porque protegimos a mi compadre y al partido.

—¡Ya cállate, maldita urraca! Ya nos aburriste con ese tema de tu estúpido compadre. ¡Ya chole! Háblanos de la salud, de los órganos artificiales, de la estrategia contra la violencia y la inseguridad, del desempleo, de la economía, de la escalera a la Luna, de las obras que hay en proceso.

—Sí, creo que eso es importante también, pero estamos con el tema de mi compadre y no lo voy a dejar empezado. No voy a ser irrespetuosa con mi compadre, que es como de la familia. Pregúntenme sobre él y yo platico sus tallas y anécdotas; aquí nos podemos amanecer si quieren, el pueblo es el que manda.

—Ya no queremos saber nada de tu tonto compadre Pancho, además, ni siquiera se llama Francisco.

—¿De dónde vienes tú, bobalicón? —preguntó la mandataria.

—De Ecuador.

—Pero de qué medio, de qué periódico, radio o canal.

—Del *Diario Fontana de Quito*.

—Con razón. Ya me extrañaba que me preguntaras en ese tono. Tus patrones son sirvientes de mis adversarios; son antimonárquicos, y de los más recalcitrantes; no exagero. Son unos traidores y enemigos del pueblo y de la democracia. Bueno, Rodolfo, vamos a contestar unas preguntas de los medios independientes porque con nosotros sí hay libertá de expresión; aquí se pregunta lo que se quiere y se contesta lo que se puede, je, je, je. Se me hace muy extraño que nadie del público esté preguntando.

—Yo estoy tratando de intervenir desde hace rato; quiero preguntar. No me ignores, maldita dictadora.

—Yo también; acá en la fila ocho.

—Y yo. Vengo de León. Fila cuatro.

—A ver, en la primera fila, el de la nariz colorada. ¿Ya te aliviastes de la piorrea? Se siente regacho, ¿verdá? Yo también la padezco. Las falanges de cerdo son buenísimas pa la piorrea; yo ya me hice metacarpiana compulsiva, ja, ja, ja; adelante con la pregunta que te mandamos por WhatsApp, digo, pregunta lo que quieras. No importa que me ataques; apuñálame, yo aguanto todo, je, je, je.

—¡Yo sigo! Hace rato que estoy queriendo preguntar.

—Al rato te contesto a ti. Ya le di la palabra al excelente y desconocido periodista de la piorrea, je, je. Adelante, Pedro Pablo —comentó la reina.

—Un millón y otro millón de gracias, excelentísima eminencia, compositora de inolvidables historias e ingentes obras en beneficio de su pueblo, escultora del monumento a la moralidad, al decoro y la decencia. Mi inmarcesible y sempiterno agradecimiento por la deferencia de que hace objeto a este humilde siervo: la pongo en contexto y después le pregunto, si le parece su majestación suprema. Empiezo por decir que nos tiene muy acostumbrados al progreso, a la paz y a la felicidad; debido, sin duda, al gran cúmulo de obras concretadas en beneficio de la sociedad, de la libertad de expresión qué gozamos hoy en día, del respeto a las instituciones autónomas, de la eficiencia de su gobierno, de su magnanimidad y del profundo amor y respeto que nos inspira a todos, sin excepción. Yo creo que todos en el planeta Tierra quisiéramos que usted nos gobernara por 1,000 años, pero, ante el dolor general, sabemos que eso no va a suceder. Ya lo dijo usted misma: se avizoran sucesores de su ministerio. Pero, oh, mandataria: ¿qué va a pasar el día que usted se retire y nos deje en el desamparo? ¿Quién se va a encargar de dar continuidad a su Transmutación Perrona? ¿Quién nos va a defender de los empresarios voraces y de los muchos enemigos del pueblo? ¿Quién, quién?

—Muy buena tu pregunta, desconocido. Y, además, interesante, sí, es bastante interesante; se ve que eres un excelente reportero. Déjame tus datos con Rodolfo pa ver en qué te podemos beneficiar; cuando menos una despensita tienes segura, je, je, je. ¿De qué medio vienes?

—No tenemos medio; vamos empezando, pero mi familia y yo somos partidarios de usted y su Transmutación Perrona.

—Entonces una despensa no te alcanza. Te vamos a apoyar pa que pongas tu propia empresa. Pero vamos con las preguntas tan profundas que me haces. No es un secreto que la gente me quiere y que yo la quiero más; es un tórrido romance, je, je. Yo estoy enfocada en atender al pueblo y hace mucho tiempo que no me ocupo de mí misma; sólo pienso en dejar protegida a mi gente. La verdá no me gusta hablar de eso, pero como lo dije hace rato, el pueblo quiere saber y el pueblo manda. Es claro que en la oposición no hay gente capaz y, lo más importante, que tenga las intenciones de gobernar pal pueblo y con el pueblo, como lo hago yo. Tampoco en la sociedad civil se ven gallos con espolones; puro pollo de granja, je, je, je. Entonces, aunque parezca un poquito sospechoso pa mis enemigos y mis opositores, el afortunado tendrá que salir de mi partido porque dentro del movimiento del pueblo sí hay gente con mucha sabiduría que muy bien pudiese relevarme; si es que me voy algún día, je, je, je. No me gusta decir nombres, pero, pues al buen entendedor menos sopapos, ja, ja, ja; por ejemplo, entre mis candidatos a sucederme están mi compadre Pancho, mi comadre Martha, mi hijo Enepegeito y mi prima Encarnación. La verdá es que está gorda la caballada. Y es que hay que cerrar filas pa quitar a nuestros enemigos del camino, pues varios están queriendo brincar a la silla; están que nomás tientan. Hay científicos, doctores, investigadores, intelectuales, catedráticos y más, ni un solo patriota, y todos con cero moral. No nos vamos a dejar de esos pervertidos estudiócratas. Siendo realistas y honestos, yo creo que la gente es inteligente y se inclinará por mi compadre Pancho. Él es muy bueno, pero no es la única opción. También está mi comadre Martha, que es buenísima cocinera; hace unos tacos de guisos como pa chuparse las patas, ja, ja, ja. Hay muchos prospectos, como la tía de una amiga mía que no me acuerdo cómo se llama. También está mi hijo Enepegeito. ¿Ya lo había mencionado? Asimismo, están mis otros dos hijos a los que no veo desde hace años; no sé ni dónde están, pero puedo buscarlos pa que sean candidatos. A ellos también les corre la sangre por sus venas, je, je, je. ¡Bueno! Siguiente pregunta. Tú, en la primera fila, el de la pachita, dime tu pregunta.

—Yo quiero participar desde hace rato.

—Yo seguía, maldita. No me discrimines.

—En mi gobierno no se discrimina a naiden; si hasta le dimos trabajo a un zurdo. ¿Quién hace eso? Y eso que la discriminación está muy arraigada. ¡Qué bárbaro! Hasta en las familias se da. Si nace un prietito luego dicen que es hijo del lechero, pero están mal, porque si fuera hijo del lechero, el niño hubiera nacido blanco, pues la leche es blanca. Pero pues no vamos a perder el tiempo dándoles clases de filosofía —enunció la reina.

—No me interesan tus reflexiones tontas, maldita. Tengo rato levantando la mano; ya hasta me dio un dolor en la clavícula.

—Úntate iodex, es muy bueno pa los dolores, la árnica también; échate árnica. Pero, a ver, ya le di la palabra a Porfirio. Adelante, Porfi.

—Requete muy buenos días excelentísima mandataria, emperatriz de la concordia y de la reconciliación de los pueblos en todo el globo, y se rumora que próximamente en otros planetas je, je. Muy buenos días, muy buenos días, muy buenos días, gobernadora excelsa, eminente y sublime inspiración de Alejandro de Antioquía —dijo Porfirio.

—Ya, ya, tampoco, tampoco; ¡qué bárbaro! Aquí el que no corre, vuela. ¡Granuja! Bien que sabes que al que corretea a las abejas no le falta la miel. ¿Verdá? Je, je, je —comentó la mandataria.

—Bueno, bella reina, antes de ponernos serios le quiero preguntar algo muy personal. ¿Qué usa para tener su piel tan lozana, fresca y conservar la iridiscencia de sus preciosos ojos? —cuestionó Porfirio.

—Pues la verdá es que yo toda soy bonita de nacencia: ojos tapatíos, fisionomía, perfil, y deja tú, mi piel; siempre se me ve muy bien y despierta muchas envidias, aunque en estos días no me he bañado, no hay tiempo. Pero a veces, cuando hay champú, me echo cal y me raspo con una piedra pómez.

—Muy bien, señora mandataria. Le voy a decir a mi esposa. Ahora sí entremos en el tema que me tiene preocupado. Quiero hacer de su conocimiento que muchos pseudocomunicadores, que incluso diariamente acuden al *stupid show*, han hecho públicos datos sobre su gobierno, que son ciertos, pero muy ofensivos. Por ejemplo, aseguran que no hay crecimiento ni desarrollo, que el número de pobres sigue en aumento, que no hay transportes hacia otros planetas y menos teletransportación, que el aire ya es irrespirable, que sigue el desabasto de comida, que la impunidad crece día a día, que no hay empleos y un montón de asuntos muy feos. La pregunta es la siguiente, sublime y hermosa reina. Considerando que en su gobierno, como nunca, se respiran aires de libertad y se fortalece y consolida día a día el estado de derecho, ¿cuándo dará instrucciones a sus secuaces para que se investiguen y se les congelen sus cuentas a esos depredadores de la información que no se quieren cuadrar ante la Transmutación Perrona?

—Mira, laureado periodista, no te conozco, pero ya te quiero. Hablas bien, eres todo un patriota y un demócrata; te felicito. ¡Rodolfo! Acuérdame de guardarle un puestecito a este ejemplo de sacrificio y amor al pueblo, a este soldado de la lucha por la dignidad. ¡Ah! Y de paso consíguele árnica al jipi, pa la paleta. Ahora te contesto tu pregunta: ese asunto es de los judiciales y yo no me entrometo en los otros poderes ni con los presidentes de los países, y con los premiers menos; todos son libres de hacer y deshacer. Soy muy respetuosa. Pero lo que sí te adelanto es que esos sicarios de la desinformación tienen sus días contados; vamos con todo contra ellos y sus familias. Ya se están haciendo las denuncias y revisando sus propiedades, las de sus hijos, las de sus suegras, las de sus cuñados y hasta las de sus mascotas. Hoy daré instrucciones pa que se les investigue y, de resultar culpables, que es lo más seguro, haré que se pudran en la cárcel. Y si son inocentes, pues que se defiendan. A nadie se le priva de sus derechos. Yo sé que de acuerdo con el actual sistema penal, pa acusarlos, debiera yo tener pruebas, tener elementos, pero no estoy de acuerdo que eso aplique a mí, yo soy la reina y merezco privilegios por mi investidura. Si se les nota lo tranzas, ¿pa qué perder tiempo en juicios? Esos van pa dentro sin tocar baranda; son unos pillos. Una última preguntita, Rodolfo. Ya hace hambre y sed; hay que ir con doña Jobita a echarnos unas tortas de cilantro y un pulquecito, o de perdis unas pupusas con sus frijolitos, con asadera y chicharroncitos. Nomás que tú pagas, ahora te toca, je, je.

—Sí, madama. Vamos, pero le toca a usted pagar. Yo siempre pago y no es justo; usted nada en billetes, no sea coda. Ya queremos cortar una flor de su jardín —respondió Rodolfo—. A ver, en la fila cinco, diga de dónde viene y haga su pregunta, por favor.

—Gracias, Che. Sha era hora. Vengo desde las pampas, del rotativo Roster B, de Buenos Aires. Según la información que sho tengo, y en Argentina nunca nos equivocamos, hemos llegado a la conclusión de que vos no sos muy eficaz. Por el contrario, parecés chivo en cristalería. Las plagas han matado a millones, no hay investigación, la violencia sigue rampante, no hay desarrosho, no hay naves para viajar a otros planetas, no hay trabajo, no se respeta el estado de derecho; ya no se puede ocultar el fracaso de vuestro gobierno ¿Cómo podés revertir esta inercia que va directo al despeñadero? Porque hasta donde vemos, no tenés una estrategia, un plan que pueda brindar esperanza a la sociedad terrestre, sólo evasivas y una tendencia a culpar a otros de todo. La recién nacida Transmutación Perrona entre más se mueve más se hunde. Y a cada decisión de vos empeora más la situación y no vemos una respuesta congruente, seria; todo va en reversa, todo se desmorona y se precipita sin remedio al hosho. La pregunta es simple, populista, y te suplico que no echés la culpa a otros: ¿qué pensás hacer? ¿Cómo pensás salir del atoshadero? ¿Tenés algún as escondido o debemos asumir que sigue la renuncia?

—No te oí bien, gachupín. Como que está fallando el sonido. ¡Rodolfo! ¡Vámonos! Te dije que ya no había tiempo, nos están esperando en la sala de gobernadores —enunció la reina.

—Sí, señora mandataria de la Tierra —respondió Rodolfo—. Atención señoras y señores del foro, una disculpa, se acabó la conferencia por hoy. Nos espera doña Jobita, digo, vamos a la sala de gobernadores. Hasta mañana, lleguen temprano. Gracias a los medios inteligentes por asistir, buenas tardes.

—¡Pero che, maestro! Esto es un atropesho. Vengo desde las pampas; me duele la escápula de tanto esperar. ¿Dónde está la libertad de expresión que tanto cacarean? Dictadora, a ti te hablo, malnacida. No me ignores —dijo el periodista de Buenos Aires.

—No oigo, no oigo, soy de palo, soy de palo y tengo orejas de pescado. Mañana te contesto —expresó la mandataria.

—Pero eso me venís diciendo desde hace una semana maldita mentirosa. ¡Ay, mi paleta, qué dolor! Creo que me duele más por el coraje —rumió el periodista argentino.

—¡Al carajo! Vámonos, Rodolfo —declaró la reina—. Ojalá se le gangrene la paleta al bolchevique ese.

2

EN EL PUESTO DE LAS PUPUSAS

Pues te cuento amigo; de ahí de la Sala VIP salimos juntos la mandataria, Rodolfo y yo. Ella, con muchos esfuerzos, trataba de dominar su furia y permaneció callada todo el camino, pero ya en el puesto de las popusas explotó hecha un energúmeno.

—¡Eres un idiota! ¿Qué te he dicho? Que sea la última vez que me haces esto; pa vergüenzas no gana uno contigo. Tan bien que íbamos librándola, pero la tenías que cajetear. ¡Me lleva la que me trajo! —exclamó la reina.

—Una disculpa, madama, me apendejé. No volverá a suceder. Me confundí, pensé que era de los nuestros porque tiene cara de tonto —explicó Rodolfo.

—No se te olvide cancelarle el pase a ese boricua. No vaya a ser la de malas que mañana se vuelva a presentar y me haga más preguntas capciosas. Lo bueno que andaba enfermo y lo malo es que le distes árnica; a lo mejor amanece aliviado. No quiero sorpresitas. ¡Tenías que salir con tu batea de babas! ¡Ay, Rodolfito!

—Es argentino, madama, no sea mensa. Pero usted dijo que mañana le respondería y que…

—Yo puedo decir misa. ¿Y qué? ¿Crees que las audiencias públicas las hago pa que me ataquen? ¿Pa que me descubran mis trinquetes? Son pura propaganda pa la popularidad, pa la aprobación.

—Oiga soberana, ya que termine de regañar a Rodolfo explíqueme cómo está eso que dijo en su tonto discurso. ¿Cómo se puede proteger a un candidato evitando que hable? Si de eso viven los políticos, de sus discursos, de sus promesas, de sus mentiras y de las expectativas que siembran en las mentes de los más desposeídos con el fin de que mantengan viva la esperanza —dije.

—Espero que no sean pedradas pa mí, porque yo sí cumplo todas mis promesas. Soy una ercelente política, pero sí hay compañeros que es mejor que no hablen en representación de su partido. No todos son tan carismáticos y sagaces como tu servilleta. No creas que a los candidatos los designamos por su capacidad o méritos; obvio que favorecemos a los que nos convienen, a los que jalan parejo; hay compromisos. Son tratos entre cuates, mi cuate, je, je, je, je. Sucede aquí en el Japón, en Marte, en Saturno, en Rotter-G3, en Apache, en Troncoso, en Zafiro, en todos los planetas de la galaxia; sucede en todas partes, menos en México, a mucho orgullo, porque allá también gobierno yo.

—¿En México gobierno yo? —dijo la mosca—. Si hace años que no se para en México y yo soy el que da la cara y cargo siempre con sobredosis de trabajo. Yo atiendo todos los problemas y usted en lugar de ayudar, estorba.

—Se me hace que ya sacaste boleto, pedazo de alcornoque, a mí me respetas o me respetas. Me podrás insultar dos, tres, cuatro y hasta 10 veces, pero 35 ya no. Escúchame bien: ¿crees que a ti te escogí por tu IQ de 238? ¡Claro que no! Te elegí porque eres incondicional, fiel, ciego, sordo, mudo y servil —me dijo la reina—. Sabes bien que sólo hay dos requisitos pa estar en mi equipo y contar con mi manto proteitor: primero, lealtad ciega a Miguel; segundo… Bueno, ya no me acuerdo del segundo, pero con el primero hay. Ah, antes de que se me olvide, les comentaba sobre el debate de Panchín. Es bien divertido todo lo relacionado con mi compadre y se van a caer de la risa, pero como dijo Jack, vamos por partes, ja, ja, ja. ¡Qué buen chiste se me ocurrió!

—Claro que no es divertido lo de ese tipo que ni conozco. Es lo más aburrido y tonto que he oído.

—¿Qué dijistes, mequetrefe? —preguntó la mandataria.

—Que prosiga madama, que nos estamos comiendo las uñas. Nos tiene en ascuas con el interesante asunto de su compalle, gran personaje, de quien se puede escribir un libro o componer un corrido.

—Sí, es cierto, le voy a decir; le va a dar gusto. Pero les sigo platicando antes de que se me olvide. ¿Pa cuándo quedaría el corrido? Bueno, primero lo primero, el corrido después. Resulta que yo le sugerí a mi compadre que le mandara pegar una madrina a la inepta de su asistente pa que se desquitara un poco de las vergüenzas que lo hizo pasar. Le aconsejé que le enviara dos o tres sicarios de nuestros conocidos y que le dieran una recia, pero mi compadre no se animó; la verdad es que tuvo miedo de que lo cacharan. No hay loco que coma lumbre. Mejor ahí la dejamos —dijo—, ya la despedí y la voy a quemar pa que nadie le de trabajo. Lo importante es que con debate o sin debate de todos modos vamos a ganar. ¡Y claro que ganamos! A pesar de las denuncias por acoso laboral y felonía que hay en contra de mi compadre, aun así ganamos, y ya metidos en gastos aprovechamos pa descalificar al OEA. Ya ven que en la política todo se vale. Ganar como sea, cueste lo que cueste, caiga quien caiga; con dinero baila el perro... y la perra, je, je, je. Hay chistes que nunca mueren. Ríete, Rodolfo, no seas amargado; pa eso te pago, tonto.

—Pero madama, hace años que no me paga, sólo me da abonos verbales, además, es un chiste muy malo, ni siquiera es chiste. ¿Qué ganas voy a tener de reír? Tengo muchas preocupaciones —replicó Rodolfo.

—¡Si yo cuento un chiste tú tienes que reírte y aplaudirme! Entiende que tú no tienes voluntá, tú eres el títiri y yo soy tu titiri... tititi...

—Titiritera —denotó Rodolfo.

—¡Ya sé, fantoche! No necesito que me lo digas; no soy tonta. Tiriti... Eso que dijistes. Pero que te quede bien clarito: no existen los chistes malos de tu mandataria, no se te olvide de dónde comes y de qué vives. Y además explícame, ¿por qué dices que no te he pagado? ¿Cuánto te debo, chillón?

—Me debe todas las quincenas que he laborado desde que usted subió arteramente al poder y las horas extras, vacaciones, bonos, dietas, gastos y hasta las pupusas, las tortas y los chescos de toda la semana —reveló Rodolfo.

—No aguantas nada, te voy a dar un cheque, pero cóbralo el martes.

—Nunca tienen fondos —comentó Rodolfo.

—Te voy a subir de puesto —mencionó la reina.

—No se preocupe, madama, no es necesario que me dé más títulos. ¡Para lo que sirven, igual que sus cheques! Yo sólo quiero seguir contribuyendo con mi granito de arena en su gobierno y ayudarla a consolidar su Transmutación Perrona, sus planes, sus reformas, sus proyectos.

—¿Cuáles proyectos?

—Bueno, todo gobernante tiene un proyecto, o varios.

—¡Yo no!

—Usted en su campaña decía que tenía muchos proyectos y que los aterrizaría en beneficio de los más pobres, de los más necesitados; lo decía a cada rato, lo gritaba a los cuatro vientos: ¡yo con los pobres!

—Ah sí, pero eso fue en la campaña. La mera verdá ya ni me acordaba de esas minucias; de lo que sí me acuerdo bien es que la pobre era yo y ya no lo soy, ja, ja. Mi proyecto es: primero yo, luego yo y después yo. ¿Qué te parece? ¿Te quedó claro mi proyecto, tonto? ¡Ñaaaa! Ja, ja, ja.

—Sí, madama, bastante claro. Ahora dígame por lo que más quiera qué más se le ofrece porque quiero irme a trabajar.

—¿Qué horas son?

—Las que usted diga, señora mandataria.

—No seas lambiscón. Ahorita nadie nos está viendo aparte de Tequito y doña Jobita, que no cuenta porque está dormida. No tienes por qué rebajarte también en privado, estamos *alones*, puros de confianza. Ahora dime la hora de ahorita.

—Son las 10 menos 10, dictadora.

—Pero 10 menos 10 es cero. ¿Entonces no hay hora? No entiendo, explícame bien, necesito la hora pa comer, pa saber qué tanta hambre tengo. No me acuerdo qué tanto he comido.

—¡Hiena, cada día es más ignorante!

—¿Qué dijistes?

—Que tenemos Luna llena y que todo lo que usted dice es muy interesante.

—Bueno, si tú lo dices debe ser cierto.

—¡Claro, zorra!

—¿Qué susurras?

—Nada. Que el cielo está claro como en Andorra.

—¿Ahí tengo mis morlacos verdá? Órale. Mira, mi fiel sirviente, mejor dedícate a lo tuyo; te has vuelto muy igualado, hay niveles. Te doy la mano y agarras el pie. No te vaya a pasar lo que a la india Maculi.

—¿Qué le pasó?

—¿A quién?

—A la india.

—¿Cuál india?

—Maculi.

—A mí háblame en español; no sé de dónde sacas esos nombres tan raros. Mejor ponte a trabajar.

—¿Qué? Bueno. Trabajar, trabajar, trabajar. Es lo que debería de hacer usted en vez de seguir destruyendo la Tierra con sus decisiones estúpidas. Es tiempo de que desquite lo que le pagan y no estar todo el santo día en el chisme y en los pleitos con los medios y con la oposición; hay muchísimos pendientes en su gobierno que requieren de urgente atención. Y debería empezar por organizar la porquería de su gabinete ampliado. Tenemos compañeros que no merecen ganar ni el salario mínimo, pues reprobaron todos los exámenes. Si les pagáramos a destajo se morirían de hambre, pues no saben hacer nada, sólo lambisconear. Su gabinete es una colección de alimañas y delincuentes de todo tipo; hasta violadores, asesinos y narcos tiene en la nómina. Usted los conoce muy bien, pues usted los puso en esos cargos. ¿Dónde quedó el respeto y el pundonor plasmado en aquel famoso documento que representó el nacimiento de un país, redactado y escrito hace más de 200 años por grandes hombres de todos los estratos sociales que aspiraban a una sociedad más justa y equitativa? Le leo el artículo sexto con la esperanza de que reaccione; quizá se le reactive alguna neurona: "La ley es la expresión de la voluntad de un pueblo, los ciudadanos tienen derecho a redactarla personalmente o elegir libremente a quien los represente para ello y debe ser igual para todos, tanto si les protege como si les castiga, al ser todos los hombres iguales ante los ojos de la ley es también igual el derecho que tienen a ocupar cargos públicos según su capacidad y sin otra distinción que su virtud y su talento". El amiguismo, el compadrazgo, el favoritismo y el abuso del poder es lo que priva en este desgobierno; debería darnos vergüenza, pero entiendo que hay que seguir la corriente, hacer concha.

—¿Qué? ¿Dónde está Concha? —preguntó la madama.

—No le toca trabajar hoy. Y sobre lo que le leía y comentaba... Es como predicar en el desierto; entiende más una piedra que usted —observó Rodolfo.

—Mi mago preferido es Frank.

—Sí entiende más la piedra. Madama, perdón que la interrumpa, pero tiene una llamada por el número privado.

—¿Es Frank? —preguntó la reina.

—No.

—Entonces no quiero contestar, no voy despertar a doña Jobita por una llamada del teléfono rojo.

—Pero me dicen que es muy importante.

—¿Qué no entiendes, tonto? No estoy ni pa ministros, ni pa magistrados, ni pa premiers, ni siquiera pal magistral Perruno. ¡Pa naiden!

—Es la señora Chochi.

—¿La Chochi? ¡Pásamela rápido! No la hagas esperar, no seas irrespetuoso, Rodolfo, es mi amiga la modista.

—Sí, madama. Señora Chochi, le paso a mi jefa.

—Gracias, sirviente. ¡Aló, amiguis! ¿Cómo estás? —dijo Chochi.

—¡Aló, aló, Chochi! Aquí aburrida; no hay nada qué hacer. Batallando con los empleados, ya ves que no pelan un chango a nalgadas, no saben hacer nada. Me ponen a parir cuates con sus estúpidas decisiones y yo les tengo que enmendar la plana. Les explico y no entienden.

—Pero madama, usted es la que no me ha dicho nada sobre las vacantes, sobre los expedientes y los currículos de los maestros y doctores —comentó Rodolfo.

—Olvídate de eso Rodo, hay prioridades; mi amiga Chochi está en el castillo con la fayuca. Vente conmigo rápido por si tengo dudas de algún vestido o zapatillas. Hay unos aretes bien finolis que hacen que me vea bien linda y delgada. Hay que hacer pisicorre, al cabo que la vieja está dormida y no se dará cuenta.

—¡Claro que no! No podemos hacerle eso a doña Jobita. Ella tan trabajadora y humilde —proclamé.

—Bueno, pues quédate y paga la cuenta. Te toca —añadió la reina.

—Claro, madama, como ya ha vacunado toda la semana al pobre de Rodolfo; ahora me toca a mí —dije.

—No me menciones las vacunas. Todo el mes me han estado jodiendo con eso. ¡Vámonos, Rodolfo!

—¡Mandataria! Necesito platicar con usted de varios asuntos sobre cuestiones fiscales y administrativas de México, tengo varios pendientes importantes —expliqué.

—¿No ves que ya voy retrasada?

—Bueno; retrasada siempre ha estado, je, je.

—¿Qué? No oigo por el ruido de la cuchupeta.

—Que necesito de verdad que me atienda unos 10 minutitos para explicarle los problemas con naranjas.

—Ve al castillo al rato y allá te atiendo. Pero nomás espero que sea algo importante, ya ves que ando bien ocupada y tú siempre sales con esas tonterías de ser ercelente, de la honestidad, del trabajo en equipo, de las arias de oportunidad y no sé qué más.

—Claro, madama, paso por su oficina.

—Vamos, Rodolfo. Tiemblo de emoción, je, je.

—Claro, jefa —respondió Rodolfo.

—¡Qué vergüenza, doña Jobita! Es denigrante. ¿Pero qué le vamos a hacer? Lo bueno que usted está dormida y no escuchó nada; bueno, le sigo platicando; algo ha de quedar en su subconsciente —comenté—. Usted debe saber que, como presidente de México y Japón, le debo obediencia a la reina; es la ley y hay que respetar la investidura y la jerarquía. Y así nos verán diario, estimada dormilona, tratando de rescatar algo útil, algo coherente de la sarta de estupideces que todo el santo día se la pasa diciendo y haciendo la mandataria. Su grupo de aplaudidores incondicionales se la viven analizando y modificando una y otra vez las notas que van a publicar, pues tienen como única obligación darle un sentido positivo y esperanzador a su discurso, pero esto se está convirtiendo en una tarea casi imposible. La mandataria cada día presenta más síntomas de desequilibrio mental, de desprecio por la legalidad, de falta de respeto por la gente de bien que día a día tratamos, por todos los medios, de llevar un taco a nuestras casas. Pero ni modo, me toca dar la cara y tratar de tapar todos los hoyos que la perra, con su terquedad e ineptitud, genera de a tiro por viaje. Jamás conocí a alguien tan experto en destruir. Yo pensaba que era imposible que alguien hiciese todo mal, y también pensaba que después del último lugar ya no había nada peor. Con ella sí es posible. Ella toca fondo y se va más abajo, en lugar de impulsarse y salir. Ya estaba en mi sino vivir esta vida; la soporto porque mi trabajo me gusta, me agrada, porque me permite estar en la jugada y generar las posibilidades de llevar algún beneficio a la pobre gente que aún confía en nosotros. Esas personas que todavía tienen esperanza, gente de buena fe y de buenos sentimientos que todavía confía en que la Perrúbela les proporcionará un bienestar duradero. ¿No le he platicado de cuando cambió los nombres de México y Japón a través de una orden ejecutiva? Todas esas decisiones que toma a partir de ocurrencias, y que luego convierte en decretos, son totalmente ilegales, son una humillante ofensa para las instituciones constitucionales. No podemos hacer nada, pues se encuentra blindada por tanto poder concentrado en ella. En esa ocasión hubo muchas impugnaciones y amparos, aunque la verdad de nada sirve que nos quejemos ante la pasividad y la sumisión de los ministros del tribunal consuetudinario, quienes prevarican como respiran. Y es que todos los magistrados le rinden pleitesía a la reina, pues fue ella quien los puso en el cargo y ella también los puede quitar cuando quiera; por eso se le cuadran y es obvio que nunca van a dictar una sentencia en contra de la reina. Todos estos ejercicios amañados, disfrazados de apertura y de participación ciudadana que la reina ha puesto de moda, se distinguen por su total opacidad y falta de reglas; todos tienen el sello del autoritarismo. Y es que tomando todo este tipo de decisiones antidemocráticas a través de herramientas democráticas, la reina tiene a quién culpar si algo sale mal. Lo más fácil es decir que el pueblo es el responsable, que el pueblo se equivocó, que yo no fui, fue Teté. La realidad es que estos eventos salen muy caros y no sirven de nada en la forma en que se hacen, es peor que tirar el dinero a la basura. Si tiras el dinero a la basura, alguien lo puede encontrar y beneficiarse de él, pero si lo gastas en estupideces, se pierde para siempre y nadie lo aprovecha. La más reciente consulta fue realmente ridícula e infantil, pues a través de ella la reina pretendía cambiar la duración de su mandato de 10 a 100 años. ¿Se imagina? Este ejercicio fue previo a las elecciones terrestres, que estaban programadas para llevarse a cabo el 4 de noviembre del 2040 y en las cuales la reina estaba impedida de participar debido a que la constitución de la Tierra prohíbe la reelección. ¿Y qué cree doña Jobita? Fue una victoria apabullante del "No" contra el "Sí", donde el pueblo manifestó su rechazo, su repudio y su hartazgo contra su reina. La mayoría no estuvo de acuerdo con que la perra participara. ¿Pero que es la soberanía del pueblo para la bruja? La cínica reina, en lugar de hacerse a un lado como buena perdedora, echó mano de su torcido andamiaje jurídico e impugnó los resultados, llevando el asunto a la corte mundial como última instancia. ¿Y qué hizo la corte? Pues, además de revocar los resultados que presentó el OEA sobre la consulta, le otorgó 100 años de extensión provisional de su mandato a la inmoral reina, argumentando que habían sido violados sus derechos humanos, que se ejerció violencia de género contra ella y era menester compensarla en pro de la justicia transversal y el derecho pro persona. ¿Se imagina, doña Jobita, lo incongruente e inverosímil de la resolución? La reina ni siquiera es persona ni mujer, y mucho menos humana, pero la corte se aseguró de otorgarle sin pudor lo que ella quería: quedarse eternamente en el poder. Derivado de esa resolución y por acatamiento irrestricto a la misma, no hubo elecciones en 2040, sólo la ampliación de su mandato. Tendremos que esperar a que pasen esos 100 años para desempolvar y volver a usar las urnas. ¿Se imagina? Hace muchos años, cuando la arpía ganó a la mala la presidencia de Japón, yo también fui candidato. La presidenta ya en funciones me dio chamba; sabedora de que le convenía como colaborador. Desde entonces he trabajado para ella y me ha tocado vivir y resolver todo tipo de situaciones de lo más locas. Lo que buscaba la Perrúbela era que yo la representara en todo, pues ella es una inepta. Está mal que lo diga, pero yo tengo muchos conocimientos de la política y la diplomacia exterior por haber formado parte de las anteriores administraciones de mi país. Conozco también de economía, de finanzas, de programas sociales, de carpintería y de papiroflexia. Estudié en los mejores colegios, tengo buen modo para tratar a la gente y una gran sonrisa que me abre más puertas que Alí Babá con su frase mágica, ábrete sésamo. Por eso la reina, aunque no me soporta y desconfía de mí, me tiene que aguantar. Tanto los medios como mis compañeros funcionarios públicos saben que yo manejo las áreas más estratégicas y sensibles del gobierno: la política exterior, la economía, la gobernabilidad y el turismo terrestre e intergaláctico. La reina siempre está rodeada de ignorantes, analfabetas e incompetentes que se mueven al son que les toca. Es lo que a ella le gusta: tener incondicionales que la hagan lucir. ¿Cómo puede un gobierno funcionar con áreas especializadas y sin especialistas? Obvio que debería tener en su gabinete a ingenieros, arquitectos, físicos, químicos, abogados, médicos, contadores y mecánicos. Yo manejo la diplomacia con los chinos, con los rusos, con los güeros y con todos los representantes de los planetas afiliados al grupo de los 13. No me estoy quejando de mi trabajo, claro que no, sólo me interesa que quede constancia de que soy bastante indispensable en este gobierno y que no se me valora en lo más mínimo por el feo florero que tenemos como mandataria. Yo soy el representante general y cónsul del planeta, la cara visible de este desgobierno de quinta en donde sólo importan la apariencia y el ego. Los que colaboramos en el gobierno ya nos hemos hecho a la idea de que tendremos que lidiar de por vida con esta lacra; tratamos de que la reina no intervenga en las reuniones con diplomáticos de otras regiones o planetas para que no nos avergüence, que no nos exhiba. Y es que cuando hay alguna convención interplanetaria nos pone en un gran predicamento, pues le encanta intervenir, pero en la mayoría de las ocasiones sólo lo hace para pedir comida, para decir que tiene sed, para estornudar, para toser o para mencionar que sus hijos son muy inteligentes; a veces se echa un pedo, se queda dormida, grita en medio de sus pesadillas o babea. También hay que recordar que la perra habla mucho y mocho y al final no dice nada; sus discursos son peor que un galimatías, no controla el volumen de su voz, habla muy golpeado y por lo regular ofende a sus interlocutores; y es que tiene muchos trastornos articulatorios. La reina siempre incomoda con sus gritos y otro detalle que afecta mucho es que no puede pronunciar la "r" y en su lugar dice la "d". Por ejemplo, en lugar de decir carrera dice cadeda, y en vez de arroz dice a dos. Y eso sería lo de menos; los problemas surgen cuando quiere decir pelea de perros, y dice pelea de pedos. ¿Se imagina?. Sin embargo, tiene el vicio de hablar y hablar y es desesperante estar cerca de ella, pues nunca se le acaba la cuerda. Es muy difícil entenderle y lo peor es que es candil de la calle y oscuridad de su casa; quiere estar hablando siempre de sus supuestos logros como una chachalaca, llamar la atención y ser el alma de la fiesta. Pero ya me tengo que ir, doña Jobita. Le dejo el pago de la cuenta de la madama, de Rodolfo y la mía. No la despierto porque la veo muy a gusto. Ahí le puse el dinero en su canguro, junto con su propina. Felices sueños. No le pido que sea discreta sobre lo que le platiqué porque no creo que haya necesidad, siempre estuvo dormida y no escuchó nada. Voy al castillo a hacer antesala para ver si la reina se digna a atenderme ya que termine su importante reunión con su modista. A ver si ahora sí me cumple y no me deja chiflando en la loma, como es su costumbre.

3

EN LA SALA DE GOBERNADORES

Momentos después llegué a la sala de gobernadores y para hacer tiempo, como es mi costumbre, me puse a conversar con los usuarios que abarrotaban el lugar.

—Hola, amigos y amigas. ¿Ustedes también vienen a ver a la reina? Me presento con mucho gusto: soy Tequito Tutaquito, presidente de México y Japón. Espero que les vaya muy bien en los trámites que van a hacer, pues de repente la mandataria se larga y deja tiradas todas sus citas y compromisos —expresé—. Se los digo con conocimiento de causa, yo la conozco bien. La verdad es que es bastante irresponsable, inepta y prepotente. Aquí entre nos, y solicitándoles su total discreción, les diré que a veces no duermo reflexionando sobre esta situación que nos aqueja. Es que no entiendo cómo lugares tan hermosos como la Tierra, con tanta riqueza, con tanto potencial, con tanta gente buena, inteligente y capaz, llegan a caer en manos (en este caso, en patas) de gobernantes tan incompetentes, tan tiranos, tan corruptos. Bueno, en realidad sí lo entiendo, sí lo sé, pero a veces me resisto a mencionarlo, no quiero reconocer y aceptar lo que ya es bastante obvio: el populismo, el autoritarismo, la antesala del socialismo y los sueños de comunismo que pululan en la cabeza de la mandataria. Como sé que vamos a estar buen rato juntos esperando, quizá inútilmente, a que nos atiendan, si les parece, les platicaré acerca de los regímenes populistas de los cuales mi jefa es digna exponente. Mis amigos más letrados aseguran que esa forma de gobierno sólo la practican los ignorantes y los tontos, y que sólo funciona con otros más ignorantes y más tontos, ya que los únicos pilares que sostienen esta estúpida doctrina son la demagogia y las mentiras. Esta forma tan *sui géneris* de desperdiciar el poder ya sólo existe en la Tierra, específicamente en algunas regiones de América Latina y Asia del Noreste. En cuanto a los líderes que la profesan, estos se dicen muy progresistas y cacarean una gran empatía con los más pobres, pero en la práctica son crueles y desalmados. Ellos muestran una actitud humanista y progresista, pero la realidad es que pertenecen a una sociedad más rancia que el televisor de tubo y los distingue su carencia de intelecto. Se dicen humildes, pero poseen todo tipo de riquezas y son dueños de playas, islas y conciencias; se trata de los más acaudalados y poderosos multimillonarios del globo, que engañan impunemente al pueblo. Por lo regular son caprichosos, violentos, traidores y vengativos; nefastos para cualquier sociedad, ya sea conservadora o neoliberal. Ellos son un cáncer maligno. No estoy exagerando, amigos, la gente enajenada por la labia del populista cree que el líder es un transformador bendito. Basta tener un poquito de sentido común para detectar a esos malditos; hasta parece que te gritan: ¡oye! ¡Yo soy un populista! Sin embargo, la mayoría de la gente ingenua e iletrada es fácilmente convencida por estos líderes. Los principales adversarios del populista son los exitosos, los triunfadores, los científicos y toda la gente que tiene la capacidad de valerse por sí misma. El populista también odia a la clase media y adula a la clase alta, pues siente que estos sectores lo exhiben fácilmente, que lo desnudan ante la sociedad pensante. Ante ellos le es imposible ocultar su falsedad e hipocresía. La fuerza de estos grupos poseedores de una relativa libertad económica radica en que ellos no tienen la necesidad de arrodillarse ante nadie, pues no son dependientes del gobierno o de una empresa, como sí lo es la mayoría del pueblo desposeído. Cualquier líder populista, si fuese un poquito inteligente, se pondría del lado de la clase media por ser éste el conglomerado más vasto, el que más produce, el que más fuerza tiene y el que más empleos genera; sin embargo, insólitamente se ponen en contra de este sector que aglutina al 75% de la sociedad. El populista aspira a que los empresarios fracasen y pasen a formar parte de la clase baja para que así puedan ser mani-pulados, e ingenuamente lucha por ese objetivo a diario, tratando de transferir riqueza de la clase media hacia los más pobres sin generar conflictos, lo cual lógicamente es impo-sible. El líder populista parece actuar siempre en la forma más estúpida posible; desprecia, ofende y critica a quienes pudieran apuntalarlo en sus proyectos y se echa enemigo tras enemigo al denostar a la gente más respetable y produc-tiva, por eso se desgasta rápidamente y dura poco tiempo en el poder; es como el alacrán que muerde la espalda de la rana que le ayudaba a cruzar el río. El líder populista odia al pueblo, pues lo considera un estorbo, un lastre que le impide avanzar en sus proyectos de gran calado. Y es que al incrementarse el número de pobres, cada día se ocupa más y más dinero para los programas sociales. No olvidemos, amigos, que el líder populista vive de la aprobación del pueblo; adora que el pueblo lo ensalse, que lo eleve, eso es lo que más le gusta, lo que más le satisface. Este tipo de personaje siempre ocupa quién alimente su ego, y quien tiene esa vocación, sin duda, es la gente más necesitada, pues al mendigarle dádivas lo hace sentirse importante, poderoso e indispensable. Siempre gusta de estigmatizar, de acusar, de exhibir, de polarizar; disfruta si las parejas se separan, cuando hermanos se enfrentan con hermanos y los amigos se hacen enemigos; es un provocador nato. Después, hipócritamente y fingiendo una actitud humilde y bonachona, el líder populista simula salir como intermediario a conciliar lo que él mismo provocó. Jamás llega a asumir su papel de gobernante y prefiere transitar mostrando un perfil de héroe salvador del pueblo; siempre aparentando pelear por la clase más desprotegida diciéndose parte de ella. Estas lacras, mis estimados amigos, por dentro son exactamente lo que critican y siempre van por la vida temerosos de encontrarse con la gente que sí piensa. Estas personas suelen dirigir sus discursos a la parte del pueblo más ignorante y necesitada; a la más manipulable, a la más indefensa, pues ahí está el filón. Ante el pueblo aparentan ser muy valientes, pero sólo atacan a los más débiles. Y cuando sienten que su adversario es de su mismo nivel o superior, de inmediato se esconden y se escudan en sus lacayos, inventando un sinfín de pretextos para no enfrentarlos, para rehuirlos. Ellos se aseguran de que las personas no aprendan a valerse por sí mismas, por eso se les da el pescado pero no se les enseña a pescar, ya que el objetivo es que los pobres se acostumbren a su pobreza y sigan dependiendo indefinidamente de lo que el gobierno les da y, muy importante, que aumente el número de pobres para así tener más materia prima. En mis tiempos mozos me tocó ser corresponsal de guerra de una revista internacional y tuve la fortuna de entrevistar a muchos líderes de diversos países; entre ellos uno de Latinoamérica, alguien muy especial y muy parlanchín, de esos que hablan hasta por los codos. Este líder aprovechaba todos los medios a su alcance y los recursos públicos para incidir en el tejido social de su país y enseñar (según él) a sus gobernados a ser mejores servidores públicos, mejores padres de familia, mejores hijos, mejores personas. ¿Y cuál era la estrategia de aquel genio político? ¿Cuál era su novedoso método? Su programa estaba conformado por una serie de consejos que les hacía llegar diariamente a sus gobernados; quienes los siguieran al pie de la letra serían más exitosos, más felices y, por supuesto, seguros candidatos para ser beneficiados por algún programa social o beca para estudiar en el extranjero, ya sea en Stanford, Oxford, Harvard, etcétera. Los que llegaron a ganarse alguna de esas becas, al principio se alegraron mucho, pero luego se quejaron de que nunca les cumplieron; eran sólo promesas para que se emocionaran y votaran por él. He aquí una lista de algunos de los "mandamientos" que aquel líder les hacía llegar diariamente a sus gobernados a través de sus conferencias que se transmitían por todos los medios de comunicación, privados y públicos, y por medio de trípticos que repartían sus huestes en la calle:

1. Conserven sólo una fuente de ingresos y de preferencia que sea del gobierno. Tener lujos y dinero es malo; ser pobre es bueno, es bíblico. "Es más fácil que un camello entre por el ojo de una aguja a que un rico entre en el reino de los cielos".

2. Tengan conciencia de clase y júntense pobres con pobres, feos con feos, perdedores con perdedores;

entre los del mismo nivel se entienden y se cuidan mejor.

3. Esperen las oportunidades, no las busquen; éstas siempre llegan solas, sólo tengan la suficiente fe.

4. Apuesten, compren cachitos de lotería y boletos de rifas. No sabemos cuándo, pero la suerte siempre llega.

5. Jamás salgan de su zona de confort, no se arriesguen, siempre vayan a lo seguro.

6. Aprovechen todas las ofertas y rebajas.

7. Paguen el mínimo de sus tarjetas de crédito y conserven el resto del dinero para otras necesidades más prioritarias.

8. Guarden su dinero debajo del colchón; los bancos están podridos de corrupción y ya no pagan intereses.

9. Enfóquense en los asuntos grandes e importantes; olvídense de los pequeños problemas, estos, por lo regular, se arreglan solos.

10. No lean, no estudien, no compren libros o se convertirán en personas arrogantes y egoístas; además, se les secará el cerero.

11. Sean negativos y esperen siempre lo peor; así lo que llegue siempre será superior a lo que esperaban.

12. No utilicen computadoras o programas virtuales; todo lo relacionado con la modernidad es cosa del diablo.

13. Vean mucha televisión y duerman mucho. Dormir mucho rejuvenece y mantiene el cuerpo sano.

14. Sean salameros y serviles con sus jefes y con los políticos; a veces se consiguen más beneficios adulando que trabajando duro.

15. No den limosnas ni propinas; que cada quién se rasque con sus propias uñas.

"¡Oye! —le dije al líder—. Esta es una perfecta receta para hacer más pobres a los pobres". Me contestó: "Ya lo sé, pero la gente está muy contenta con estas políticas porque tienen muchos miedos y necesidades y sienten que nosotros les vamos a ayudar y no les vamos a fallar y se saben protegidos y seguros. Eso es lo que importa, que estén confiados, que tengan fe, que se sientan felices, que no piensen en los problemas o en el futuro, que no tengan preocupaciones innecesarias. No me los vayas a alborotar. Este sistema me ha funcionado de maravilla y ya está siendo replicado por otros países; les voy a cobrar regalías, je, je. Nunca habíamos tenido tan alto nivel de aprobación y popularidad". "¿Y la economía del país? —le pregunté—. ¿Y la salud? ¿La seguridad? ¿La educación y el empleo? Sí está bien que tengas popularidad y que la gente te siga, pero estás convirtiendo a la región en una fábrica de pobres. ¿Qué pasará cuando ya no haya recursos para los programas sociales? Porque el dinero se acaba, eso es inevitable. La popularidad no tiene una utilidad real, no alivia el hambre, no resuelve los problemas de violencia, no cura a los enfermos, no combate la pobreza, no sirve para nada. Le recordé lo que dijo Winston Churchill acerca del socialismo: 'Es la filosofía del fracaso, el credo a la ignorancia y la prédica a la envidia; su virtud inherente es la distribución igualitaria de la miseria'". El líder respondió: "Ya veremos después a como se vayan presentando los problemas; no hay que llorar antes de que nos pellizquen, je, je.

De algún modo le haremos". Aquel líder tenía mucha razón y me hizo reflexionar profundamente. Normalmente los seres humanos estamos en busca de un sentido de pertenencia y seguridad; preferimos depender de otros y no vemos la inmejorable oportunidad de crecer con base en nuestro trabajo, en nuestro esfuerzo, en ganar y gastar nuestro propio dinero y disfrutar al máximo la incomparable, placentera y deliciosa sensación de ser autosuficientes, de distinguir claramente la inconmensurable diferencia que existe entre perder o ganar, entre construir y destruir. Pero, desafortunadamente, el mal ejemplo de la *teoría de las ventanas rotas* ha generado en muchos el síndrome de la rana hervida, especialmente en los niños, los maleantes y los ignorantes. El problema principal es que todos nos estamos contagiando de ese mal. Para los que no saben, les cuento un poco de esta analogía del filósofo Olivier Clerc, que asegura que si metes una rana en una cazuela con agua hirviendo, ésta saltará para salvar su vida, pero si la metes en agua tibia y la vas calentando poco a poco, la rana no se dará cuenta y cuando quiera salir ya no tendrá la energía suficiente para saltar y salvar su vida. La metáfora puede ser cierta o no, pero nos ilumina acerca de las situaciones que se nos van presentando en la vida. A veces pienso que ya estamos hirviendo y no nos hemos dado cuenta, y cuando queramos reaccionar será muy tarde para reconstruir tanto desastre. Quizá piensen que deliro, que mi razonamiento es demasiado pesimista y con pinceladas apocalípticas y que me paniqueo ante una falsa alarma, sin embargo, considero que la situación es demasiado seria. No hay que olvidar que del pandemónium sigue el control total, y si eso llegase a suceder, ahora sí que Dios nos agarre confesados.

4

TEQUITO Y EL POPULISMO

En un mundo donde abunda la miseria, los charlatanes ofrecen justamente lo que la gente añora, por eso el pueblo acepta las dádivas y se hace dependiente del gobierno. La mayoría de las personas se quedan sin capacidad ni motivación para salir adelante. Y es que estos líderes, a través del engaño y en forma cínica e inmoral, logran que las personas se sientan seguras bajo el manto de su protección; les regalan la falsa sensación de que si están de su lado no les faltará nada. Esa falsa sensación de sentirse queridos por su líder hace que el común de las personas pierda de vista sus sueños, su capacidad de crecer, de creer, de crear. Resulta sorprendente cómo la gente es convencida de pertenecer a este tipo de grupos, y es que todos, independientemente de su origen o raza, tienen algo en común que los une y los identifica: una baja autoestima, una dañina conformidad y una ignorancia brutal que los convierte en blanco de las ansias voraces de estos demonios abusivos y hambrientos de poder.

Es tanto el convencimiento de que ellos, el pueblo, son los elegidos por Dios, que terminan por sentirse superiores a los demás y bendecidos y privilegiados, por eso empiezan a enemistarse con sus amigos y su propia familia y a polarizar radicalmente sus relaciones, pues tienen la falsa creencia de que el líder les pondrá una estrellita en la frente y les dará un premio.

El fanatismo siempre acaba mal, y es que el adepto, con tal de agradar al líder, es capaz de todo, aun en contra de sus compañeros del grupo o, en casos extremos, hasta en contra de su familia y de sí mismo, llegando a veces, dentro de esa enfermiza subordinación de esclavo, hasta el martirio o el suicidio. ¿Se imaginan, amigos? Morir por un líder político, convenenciero, voraz y prepotente, que ni siquiera te conoce, que no le importas un bledo, que ni en el mundo te hace. ¡Qué forma más estúpida de acabar con una vida que nos fue regalada para que seamos felices, fructíferos y útiles a la evolución! A *grosso modo*, si estás en un grupo que es comandado por un líder carismático que se dice un salvador y que te ofrece resolverte todos tus problemas, lo más seguro es que sin saberlo eres miembro de una secta o culto. Esto resulta clarísimo para los que estamos fuera, pero para los que están adentro, obvio que no. ¿Quién no recuerda a Charles Manson? El músico de California que en los años sesenta convenció a sus seguidores de asesinar personas; una de sus características es que ellos escribían las letras de las canciones de *Los Beatles* con la sangre de sus víctimas. También está Jim Jones, el pastor evangélico estadounidense inspirador y carismático que combinaba elementos del cristianismo con el comunismo, que en 1978, en Guyana, en América del Sur, convenció a más de 900 personas, incluyendo niños, para que se quitaran la vida tomando veneno y sedantes en una bebida preparada. Pero el que se lleva las palmas y con mucho es Shoko Asahara, el líder espiritual de una secta japonesa que sincretizaba elementos budistas y cristianos y que en el año de 1995 les ordenó a sus acólitos liberar gas sarín en el metro de Tokio, cobrando la vida de 13 personas; también lo hicieron en la ciudad de Matsumoto, matando a ocho e hiriendo a centenares. Sus intenciones eran matar a más de cuatro millones de almas, para lo cual tenían almacenado suficiente gas venenoso y armas biológicas, pero fueron detenidos por las fuerzas de inteligencia de Japón.

Así como las sectas se disfrazan de religiones y ofrecen el paraíso a sus miembros, también el populismo suplanta perfectamente a la democracia y sus líderes manejan un perfil casi santo que fácilmente logra engañar a los más tontos e ignorantes; estos últimos les darán a los primeros un grado de Dios y a sus guaridas un estatus de iglesia. Las personas casi hipnotizadas por su líder verán excelentes proyectos de gobierno y de políticas públicas, sin embargo, eso no está sucediendo en la vida real, sólo es un espejismo que el discurso político les hace ver. Lo que realmente sucede frente a ellos es la transmutación de los principios básicos de la democracia, al grado de desfigurarla por completo; es el más puro populismo vistiendo una botarga de democracia.

Mientras la democracia es ambigua y tiene muchas interpretaciones relacionadas principalmente con el diálogo, la negociación y la inclusión, el populismo, no conforme con limitar a sus imaginarios adversarios por medio de la propaganda diaria, frecuentemente recurre al poder del Estado y a la represión violenta para silenciar a la oposición y a los medios. El demócrata tratará siempre de fortalecer a las instituciones; el populista (diciéndose demócrata) las acorralará, las descalificará, las debilitará y las destruirá, si se lo permiten.

El populismo aparece frecuentemente como una enfermedad o como un parásito de la democracia; se engendra y crece dentro de ella, pero también, llegado su tiempo, se extingue y muere con ella, ya que la enredadera jamás crecerá más alta que el árbol que la sostiene. Eso no nos debe permitir confiarnos, ya que en el efímero tiempo que dura el populismo puede hacer más daño que un terremoto, esto por lo irracional de las decisiones que toman sus líderes, utilizando estrategias democráticas, pero con fines antidemocráticos.

A los líderes populistas no les interesa el pluralismo ni los mecanismos de intermediación entre el gobierno y sus gobernados. Como antes les dije, los dictadores populistas odian profundamente a los pobres, sin embargo, dicen adorarlos porque los necesitan para el logro de sus fines, por eso fingen amarlos mientras se esfuerzan torpemente por actuar como ellos y que parezca que abanderan sus aspiraciones y sueños. Al pueblo dale plata, pan y circo y te adorarán. Acuérdense de la gallina de Stalin; desplumas, destruyes y humillas a la gente, luego, con el dinero que pertenece al propio pueblo, les das comida para tres días y te seguirán con los ojos cerrados. ¿Acaso importa el derrumbe del nivel académico, o la multiplicación de los pobres, o el incremento de las marchas, en las cuales nadie sabe por qué marchan, o la escasez del empleo digno, o la falta de transporte a la Luna y a los planetas, o la amenaza de una cuarta guerra mundial? ¡No! Lo importante es mantener al pueblo contento mientras el recurso ajeno se acaba al repartirlo. A fin de cuentas, lo que se requiere son ciudadanos mansos que vivan en igualdad. Sí, en igualdad de ignorancia y pobreza; que no pregunten, que no cuestionen, que sólo oigan y obedezcan. Hay que aclarar que el populismo (que mejor debería llamarse "pobrismo") ni siquiera es un tipo de gobierno, sino más bien una estrategia comunicativa que se nutre con la aprobación y el apoyo de la gente, que en su mayoría son chupamedias que incitan al piquete y a la participación en encuestas y consultas amañadas. Y esta aprobación, por lo regular, se obtiene a través de la manipulación, del engaño y de regalos baratos, siendo la popularidad el mayor patrimonio del populista; quizá el único que le importa. Ellos pervierten los buenos sistemas participativos generando agresión y violencia entre la sociedad. A agua revuelta, ganancia de pescadores, así es; mientras la gente se pelea, ellos se enriquecen.

Claro que hay mucha gente que se beneficia con este sistema, pero obvio que no es el pueblo. El líder siempre se hará acompañar de un selecto grupo de empresarios, funcionarios y comunicadores a modo, carentes de moral y decencia; estas rémoras respaldarán todas las tontas decisiones de su mesías y ocultarán sus pifias. Este inmoral andamiaje también le servirá al líder para llevar a cabo las operaciones gubernamentales con las empresas a través de contratos directos, sin licitaciones, con precios inflados y con sus respectivas comisiones monetarias para el líder. Todos estos corruptos, al ser aceptados en esta especie de mafia, son santificados, son purificados de todos sus pecados y son perdonados de todos sus delitos; así que pueden impunemente violar la ley sin preocuparse.

Ellos contarán para sus encargos con vastos recursos y prerrogativas que les permitirá vivir y disfrutar de una vida holgada, pero lo que no tendrán jamás es una gota de dignidad, ya que no les importa que la nación se vaya al precipicio y tampoco condenar a sus nietos a un futuro miserable con tal disfrutar el momento y agradar al jefe.

Bueno, amigos, espero no estarlos aburriendo con tantos problemas que les cuento, pero todo esto es y debe ser del interés general, pues es del dominio público que la reina constituye un gran peligro para la Tierra y debemos unirnos para evitar su destrucción.

La reina navega con bandera de tonta y la realidad es que sí es tonta e ingenua; la cuestión es que, como resultado de su frecuente convivencia con líderes fascistas, se encuentra totalmente influenciada por ellos y sueña con convertir a todo el planeta al comunismo. Esas tontas ideas nos han regresado a la edad de piedra; bueno, no tanto, pero sí algunos 80 años a partir de que ella accedió al poder. Es que es increíble su comportamiento; por ejemplo, siendo yo el presidente de dos países tengo que hacer antesala para verla; aquí junto con ustedes que vienen a solicitar algún servicio o beneficio para sus regiones, a tramitar su visa para la Luna o a mentarle la madre a la reina; obvio que no se los voy a criticar.

A pesar de que vengo a solucionarle problemas torales que ella no entiende, y que en caso de que yo no los atendiera con oportunidad y eficacia significarían un grave riesgo para ella y para su mismo gobierno, aquí me tiene, humillándome ante ella, perdiendo el tiempo. Lo que no sabe es que esta situación hasta cierto punto me favorece, ya que me permite conocer y atender muchos casos endémicos de diversas regiones.

Esta situación y este trabajo me ha permitido conocer cada rincón del planeta, cada asociación, cada sindicato; he logrado ampliar mis experiencias y conocimientos, he estrechado mi relación con la iniciativa privada, con los profesionistas, con los medios, con la gente de a pie.

Mi popularidad se ha incrementado bastante; mi sonrisa me ayuda y creo que soy un serio adversario contra la hiena para las próximas elecciones terrestres, aunque falta muchísimo para eso; a menos que la historia cambiara.

Mi jefa, como muchos mandatarios de su calaña, no asimila ni entiende su papel de gobernante, y cree que todos le deben de rendir tributo y que ella sólo está para dar órdenes; no sabe que la verdadera fuerza y la soberanía radica en el pueblo.

No tiene ni la menor idea de el por qué se nos denomina mandatarios; y es porque somos puestos por el mandador, que es el pueblo. Igual sucede cuando se renta una casa, bodega u oficina; arrendatario es quien está usufructuando el bien temporalmente y el arrendador es el dueño, quien podrá cambiar de arrendatario cuando así le convenga, cuando los resultados no le satisfagan.

Muchos gobernantes han llegado al colmo de sentirse dueños de las instituciones y como ejemplo está la reina, quien se cree dueña no nada más de las instituciones, sino de toda la Tierra, incluyendo la Luna.

La soberana jamás ha entendido que ella sólo es una administradora efímera, muy tonta, ineficaz, mala y fea, que eventualmente dejará de serlo (dejará de ser la administradora, no la tonta, ineficaz, mala y fea) porque llegará, como siempre, otro nuevo administrador y ella será desechada por el mandador, que es el pueblo.

—Cuidado, señor Tequito, viene llegando la reina, no lo vaya a escuchar —me susurró un usuario.

5

REPRENDIENDO A SU GENTE

—¡Ya te oí! ¿Qué traes, presidentito? De acuerdo con mis apuntes, tu principal obligación es respaldar todo lo que yo haga y diga, y en lugar de cumplir con tu trabajo me difamas en público, me calumnias, me traicionas, me apuñalas por la espalda, ¿Cómo está eso de que seré despechada? —exclamó la reina.

—¡Pero qué sorpresa tan agradable! Yo pensé que se iba a tardar por lo menos tres horas en su importante reunión. ¿Nos estaba espiando, madama? —pregunté.

—¡No! Cómo crees. De casualidad escuché todo lo que dijistes y la mera verdá no me gustó ni tantito.

—No fue de casualidad; estábamos escondidos detrás de esa maceta de barro oxidada. Escuchamos todo lo que dijiste desde el principio hasta el final —reveló Rodolfo.

—¡Tú cállate, Rodolfo! A ti nadie te preguntó —aseveró la mandataria.

—Pero es la verdad. Estábamos espiándolos desde hace rato. Usted dijo que no hiciera ruido —continuó Rodolfo.

—¡Que te calles, mamarracho! —gritó la Perrúbela—. Y tú, presidente de quinta, acuérdate de Acapulco; yo te puse donde estás y lo hice porque consideré que con tu sonrisa y lo que te he enseñado podrías serme útil, pero ten cuidado con lo que dices acerca de Miguel. Acuérdate de la ley de la Perrúbela: quien pone, quita.

—¿Qué no es de Dios esa ley, madama? —cuestioné.

—Ahora es mía.

—Bueno, madama, yo en realidad no he dicho mentiras; todo está patas arriba, todo se ha ido al carajo, si hasta parece que gobierna con las patas. Bueno, sí, ya sabemos que gobierna con las patas, pues usted no tiene manos, sólo pezuñas. ¡Qué buen chiste! Ja, ja, ja, ja.

—¡No es un buen chiste, idiota! No juegues con lumbre porque te mojas. Cuida tu carrera, no eres indispensable; hay muchos que pudieran hacer mejor el trabajo que tú. Está gorda la caballada, ahí está mi compadre Pancho, su esposa Martha, mi compadre Pancho, su esposa Martha y... mi compadre Pancho. ¿Ya lo había mencionado?

—¿Pancho? ¡Ja, ja, ja! ¿Es neta? —enuncié.

—Cualquiera puede hacer el trabajo que tú haces. Difícil es el mío, que consiste en gobernar la Tierra y la Luna, y lo hago a la perfección; lo dicen todas las encuestas.

—Pero son encuestas pagadas por el Estado.

—¿Y qué mi dinero no vale? A ver señoritas: no entiendo. ¿Por qué se les hace tan difícil hablar bien de la Transmutación Perrona? Siento que mis allegados no me apoyan, que no le ponen el suficiente entusiasmo a su trabajo. Por más que les explico no aprenden, no avanzan. ¿A qué le sacan? No hay ningún riesgo; la raza no investiga, no lee, no piensa, nomás hace lo que nosotros les decimos. Lo único que les toca a ustedes como mis súbditos es decir que todo está bien, que la reina es la mejor mandataria que han conocido, que cada día estamos mejor, que ya cumplimos con todas nuestras promesas de campaña. ¿Es mucho pedir? Y no les digo que hagan esto con toda la población del globo, nomás asegúrense de que lo crea el 25% de la gente, con eso me conformo, con eso me alcanza bien pa seguir alargando mi nombramiento provisional, je, je.

—Señora, la están escuchando sus gobernados —denoté.

—¿Y qué? Te estoy diciendo que ellos creen sin chistar todo lo que yo les digo; hago lo que se me pega la gana y todos me apoyan. Ellos no piensan, nomás obedecen. Cuando tomo cualquier decisión nomás digo que fue el pueblo a través de mí el que decidió y ellos lo creen realmente. Si las cosas salen bien se sienten orgullosos de participar y de incidir en la Transmutación Perrona, y si salen mal se sienten tristes y hacen todo por mejorar. De verdad los pobrecitos creen que participan, es muy chistoso verlos presumir y pelear por mí, je, je. Es muy fácil gobernar a un pueblo de ignorantes, sólo hay que darles una dádiva de vez en cuando pa tenerlos contentos y a tu disposición; hay que hacerles muchas promesas y decir que estamos trabajando por ellos y pa ellos, así siempre estarán esperanzados y contentos. Pero ustedes están en otro nivel, ustedes son mi gente; nomás tengan mucho cuidado con ofenderme o ya saben a lo que le tiran. Prefiero quedarme *alone* que con una turba de malagradecidos promiscuos e interesados que nomás quieren estar cerca de mí por mi dinero y por mi belleza. ¿Creen que no los he visto cuando me miran? Y todo porque soy bonita, de lo que yo no tengo la culpa; así nací. ¿Qué quieren que haga? Soy hermosa y no lo niego. Sé que despierto bajas pasiones, muchos celos y confrontaciones; todo por mi inteligencia y carisma, por mi popularidad y *mainstream* de alcance global y más. ¡He dicho! Bueno, como se han quedado callados supongo que ya entendieron bien la lección; los voy a perdonar porque son mis preferidos, mi perro fiel y mi segundo de a bordo, pilares de mi exitoso gobierno. Nomás un último regaño pa ti, Tequito. Déjate de boberías sobre enseñar a los hijos y a la gente a trabajar y ser honestos y responsables, sobre prepararlos pal futuro y no sé qué más estupideces; yo soy la reina y yo digo lo que conviene y lo que no conviene. Tú eres mi súbdito; me debes obediencia y fidelidad. Si soy la reina es por algo, el pueblo nunca se equivoca. Hago casi todo tu trabajo y no me lo agradeces, pero un día me canso y te me voy. A ver qué haces sin mis consejos. Ahora sigues tú, Rodolfo. No me acuerdo por qué, pero estoy segura de que te tenía que regañar; así que prepárate con tus pretextos y evasivas. Y sobre lo que te decía hace un rato… ¿Qué te decía? ¡Aaaah! Ya me acordé… ¿Qué era? Refréscame la memoria, tonto. ¿Qué esperas? Demuestra tu iniciativa.

—Lo de las vacantes, madama. De recursos humanos —dijo Rodolfo.

—¡Ya sé! ¡Ya sé! No es necesario que me lo estés repitiendo como disco rayado, no soy tonta ni sorda pa que me grites… ¿Qué era? Ah, ya me acordé. Te voy a decir lo que vamos a hacer. Pon mucha atención: guarda bien todas esas solicitudes de los másteres, de los doitores, de los investigadores, de los científicos, de los catedráticos; archívalas. Luego las revisamos a conciencia como a mí me gusta. Ya sabes que soy muy perfeccionista y metódica y me gusta hacer esas cosas en perfecto estado de flow. Hay que revisar bien los papeles y darles acomodo a esos manes; obviamente después de que se agoten los cargos de presidentes, directores, subdirectores, coordinadores, jefes de área, secretarios y gerentes, je, je, je, je. Y es que necesitamos quienes hagan los trabajos sucios y pesados por nosotros; chivos expiatorios, borregos y gallinitas ciegas.

—¿Gallinitas ciegas? Esa no me la sabía, madama. Lo de los borregos y los chivos es cuento viejo, cualquiera lo sabe, pero de las gallinas ciegas, la verdad, no me acuerdo. Refrésqueme la memoria, por favor.

—¿Qué tienes en el cerebro? ¡Señor, dame paciencia! No sé por qué te di el título de doctor *honoris causa* si sólo eres destacado porque tenías una taquería y ya no la tienes, ja, ja, ja, ja. Te conté 1,000 veces la fábula de la gallinita ciega pa que entendieras el meollo de la política moderna, pero tienes la cabeza de chorlito. ¡Qué bárbaro eres! Estoy rodeada de inútiles; yo tan lista y tan linda, pero me dejan sola con todo. ¿Qué voy a hacer contigo? Ya no hallo dónde ponerte y que des el ancho. Ahí te va otra vez la fábula, pero *pay atention please,* remedo de criado. Para oreja:

"Una gallina que había perdido la vista, acostumbrada a escarbar la tierra para buscar su alimento, siguió escarbando con diligencia a pesar de estar ciega. ¿Qué sentido tenía el trabajo del ingenuo animal? Otra gallina, que veía perfectamente, pero cuidaba sus delicadas patas, no se apartaba de su lado, pues disfrutaba, sin escarbar, de los frutos del esfuerzo de la otra. Porque cada vez que la gallina ciega encontraba un grano, su atenta compañera lo devoraba" (*Fábulas*, Gotthold Lessing, 1729-1781).

—Gracias, madama; le prometo que ya no se me va a olvidar. Pondré más empeño en aprender de usted y de su inagotable sabiduría —declaró Rodolfo.

—¡Así se habla, mi perro fiel! Hay que evitar la fatiga y el riesgo y contar con un plan B pa cuando se vengan las broncas: gallinas ciegas, chivos expiatorios y borregos que te apoyen en todo y hasta que den la vida por ti. Nunca olvides, Rodolfo, que "guajolote que se sale del corral termina en mole". Hoy más que nunca debes demostrar fidelidad; son tiempos de definiciones, de decidir qué quieres hacer con tu vida y la de tus hijastros. Júntate con inteligentes como yo; hazte de un equipo que te cuide, que te adule, y cuando vengan las broncas los mandas por delante, como escudo, como carne de cañón. Sí tienes todo eso, ya la hiciste. Tú también pudieras aprender mucho de mí, Tequito, si tan sólo te interesaras más por el pueblo, si te prepararas más y te pusieras a trabajar como es debido, en lugar de estar nomás pensando en el cochino dinero y andar del tingo al tango. Y tú, perro fiel, ¿qué me decías? Qué grosera soy, no te dejo hablar por culpa del presidentucho y sus clases de moralidad.

—Temida y odiada reina, le comentaba, aunque sé que no sirve de nada, sobre las solicitudes de empleo que tenemos pendientes. Insisto en lo mismo que ya le dije siete veces sobre los másteres y doctores —esclareció Rodolfo—. Se lo repito por enésima vez: entre los postulantes tenemos a unos genios de la economía y las finanzas, de la administración y de sistemas; están muy preparados. La mayoría de ellos tienen algún posgrado y mucha experiencia, son individuos que harían maravillas en este desgobierno y que nos pudiesen sacar del atolladero en que usted nos ha metido. ¿No vio sus documentos?

—Sí los vi, pero no los leí. Aunque ya sé leer me dio flojera. ¿Qué dicen? No me contestes, no quiero meterme en esos vericuetos de la administración. No vayas a salir con otro discurso de media hora como el de Tequito. Te aclaro una cosa nomás: no es la enésima vez que me lo dices, sí me lo has dicho muchas veces, pero no tantas; nomás pa aclarar. Y te aclaro otro punto también: hay compromisos con gente que nos ayudó en las campañas; a ellos hay que echarles la mano, no a traidores.

—Pero no son traidores; se trata de doctorados, de maestrantes. Ellos no son políticos —aclaró Rodolfo.

—Pues sí, Rodo, pero por eso van a querer ganar más y hay qué ahorrar lo más que se pueda pa darle dinero al pueblo, pa tenerlo contento, pa comprar su voluntá —explicó la reina.

—¿Y qué vamos a hacer cuando se acabe el dinero, mandataria? Un verdadero gobernante no comercia con la necesidad e ignorancia de la gente y en lugar de regalarles dinero crea empleos para todos, con seguridad social y buenos sueldos, con prestaciones, para que realmente puedan desarrollarse y salgan por sus propios medios de esa triste situación en que están metidos; para que aprendan a valorarse a sí mismos, a quererse y no tratar de cumplir sus sueños con sombrero ajeno, o a la sombra de un miserable, adorando a otro o a otra. Estos postulantes cuentan con el perfil idóneo; es cierto que ganarían más, pero a la vez producirían más porque ellos sí están preparados y calificados para eso, para generar riquezas para todos. También generarían recursos para la obra pública y para sus pobres, que casualmente se han multiplicado en este lustro —expuso Rodolfo.

—Ya te contagió el presidentín. No me salgas con esa falacia de que el que sabe más debe ganar más y todo ese rollo. No me digas que el que estudia sabe más que el que no estudia. Yo no estudié y fíjate onde ando. Mira, Rodolfo, tenemos mucho tiempo trabajando pa llegar a donde estamos; hay que cuidar lo que hemos logrado y blindarnos contra la gente eficiente y trabajadora, porque si los dejamos entrar, nos desbancan. No le vamos a dar trabajo a cualquiera que se presente ante nosotros nomás porque sea una chucha cuerera, porque sea eficaz, honesto, responsable, productivo, trabajador, innovador, inspirador, inteligente, preparado, experto, amable, educado y efectivo. ¿O sí? Pero ya estoy cansada y enfadada. Ya te dije mil veces y media que guardes esos expedientes a piedra y lodo, y en lugar de hacerlo sigues moliendo y moliendo. No carburas. Ya me tienes hasta la coronilla. Pa acabar pronto te lo voy a poner de esta manera: en este momento te toca escoger; estás conmigo o en mi contra. Si sigues insistiendo se me hace que ya sacaste boleto… ¿Quieres que te pase lo que a la secretaria de mi compadre Pancho?

—¿Qué le pasó?

—No me acuerdo, pero… ¿Quieres que te pase lo que le pasó a ella?

—No, madama, claro que no, pero…

—¡Pero nada! Tienes que disciplinarte y agarrar la onda. Aprende a hacerte de la vista gorda; ya sabes cómo es la política: o jalas o jalas, aprendes o aprendes. Acuérdate de *La Ley de Herodes*: tienes que comer estiércol sin hacer gestos, eso es lo primero que tienes que aprender. ¿Ya no quieres ser parte de este gran equipo? Piensa bien, ¡ubícate! Tenemos que hacernos juertes entre nosotros mesmos. Si quieres ahorita mesmo te preparo tu renuncia y te me vas a tu rancho a seguir vendiendo muéganos y chicles. Ya me llenaste el buche de piedritas.

—No, mi reina. Está muy escaso el trabajo, y más desde que usted gobierna. Entiendo que es momento de definiciones y a como están las cosas mejor me conviene aguantarme y reiterarle mi fidelidad ciega a lo poco o nada que usted representa. Ya está decidido: quiero ser parte importante de la Transmutación Perrona; quiero aparecer con usted en los libros de histeria, digo, de historia; quiero participar en la repartición de dádivas, en la austeridad y en todo ese cochinero que usted trae. Aunque si seguimos así lo que va a quedar para repartirse en un futuro cercano, como dijo Churchill, será sólo una ominosa miseria.

6

EL PERFIL PSICOLÓGICO

Cuando la reina y su perro fiel se retiraron de nueva cuenta, yo aproveché para seguir interactuando con los pacientes usuarios que estaban picados con el tema; se encontraban bastante interesados y curiosos acerca de lo que yo les platicaba.

—Amigos míos, espero que me comprendan y me perdonen que insista en el tema, pero ya estoy harto de este tipo de escenas vergonzosas que tienen lugar muy a menudo, a veces en la sala de gobernadores, en el auditorio de conferencias, en las escalinatas del castillo o en sus pasillos; incluso hasta en los baños. Y es que necesito desahogarme. La zorra no entiende nada y no le interesa entender, no se cuida de que la gente la escuche y realmente no tiene motivos para cuidarse. No existe el menor riesgo de sublevación o de que alguien le reclame por ser tan descarada y cínica. Sus adeptos no se rebelan porque realmente creen que su lideresa es una diosa y considerarían una blasfemia contradecirla; los opositores no se abren de capas por miedo a las duras represalias. ¿Y qué les digo del ejército miliciano terrestre?

Mientras esté recibiendo jugosos presupuestos, privilegios, contratos directos con cero fiscalización y, además, honores, tampoco representa un riesgo para la mandataria. Por el contrario, el ejército se le cuadra y le hacen publicidad junto con los demás paleros. Entonces, amigos míos, recapitulando: tenemos que el poder de la Perrúbela es perverso, ilegítimo y malévolo, el cual se basa en el engaño, en la manipulación, en el miedo y la coerción. Ella los tiene obnubilados con su labia; si no lo creen, pongan especial atención a cuando la reina menciona que el pueblo es el que manda, el que tiene la última palabra; los aludidos se emocionan tanto que sus ojos se humedecen con lágrimas de orgullo, sacan el pecho ufanos, son invadidos de gran satisfacción y hasta cambian su forma de caminar y se ven de reojo en su sombra. Incluso hay algunos tan serviles que defienden a la reina con más fervor que a sus propios hijos, que se sienten importantes y bendecidos porque la mandataria los humilla en público, hasta lo presumen en las redes. Así se ha manejado la hiena desde que accedió al trono; y para colmo de nuestros males puso de moda sus absurdos consejos consultivos, cuyos temas obviamente no tienen su origen en el seno del pueblo como debiera ser, sino en su mente desquiciada y en sus vísceras. La reina denigra y corrompe estas excelentes herramientas de participación ciudadana, pues sólo las usa para demostrar su poder e incrementar su popularidad. En ellas debieran analizarse temas de trascendencia mundial y no las estupideces que se le ocurren a diario. Hoy especialmente me siento bastante contrariado y desmotivado; pienso en las ofensas y humillaciones que sufre la pobre gente y veo con tristeza que nadie reacciona, ni reaccionarán. Y es que el pueblo tiene el gobierno que merece, lo dijo la misma zorra hace poco y ya antes lo había dicho Maquiavelo. Otro asunto que me preocupa sobremanera, adicional a todos los demás, es que se han suscitado noticias que nos hacen llegar a la plena certeza de que la jefa es una enferma mental. ¿Creen que exagero? Pues no. Existe un documento que prueba esta hipótesis. La reina no está en pleno uso de sus escasas facultades. Y es que, de un tiempo para acá, sus alucinaciones, su amnesia y su ambigüedad son cosa de todos los días, y eso es sumamente grave y pone en muchísimo riesgo el futuro y la gobernabilidad del planeta. Tomando en consideración el punto de vista de los especialistas más connotados del planeta, y de acuerdo con varios famosos tratados sobre el psicoanálisis, se cumplen ampliamente los parámetros que se deben de considerar para declarar loco a un individuo. Un prestigiado especialista del Japón de antaño llevó a cabo un arduo y concienzudo trabajo en el cual detalla claramente el escalofriante perfil de la hiena y llega a la inobjetable conclusión de que está más loca que una cabra. Y dado el alcance de sus decisiones pone en riesgo la vida de nuestro planeta tal y como lo conocemos. Sí, el supremo poder depositado irresponsablemente en ella puede destruirnos en poco tiempo. Este es el estudio: échenle un vistazo, saquen sus propias conclusiones y luego comentamos.

Perfil psicológico de la reina perrúbela

La Perrúbela es una humanoide de perros, estulta, torpe y, además, ignorante, que opera para sí misma y para grupos muy poderosos con intereses oscuros y misteriosos, y no en pro de la tierra y sus habitantes, como constantemente lo asegura.

Lo que realmente le interesa, aunque no es totalmente consciente de ello, es acabar con el planeta, dinamitarlo y destruirlo, es decir, exterminar todo aquello que no se amolde a sus ideas e instaurar en su lugar un nuevo régimen, del cual todavía no tiene claridad.

Debido a su carencia de capacidad, sus planes no le han salido de acuerdo con lo planeado, por lo que no ha podido lograr la destrucción total del planeta, sin embargo, ya lleva bastante avance.

Su parte humana padece un trastorno de personalidad y su parte animal un desbalance de perronalidad narcisista, patológica o megalómana, con pinceladas sociópatas y enajenamiento maniacodepresivo bipolar. El grado profundo de su megalomanía raya en la peligrosidad y puede ser de fatales consecuencias para el mundo, tomando en cuenta el poder que el pueblo irracionalmente ha concentrado en ella.

Sentimientos de exagerada superioridad e ingente poder, omnipotencia, autoproclamación, egocentrismo sublimado, todo esto gira erráticamente dentro de su desquiciada mente, en total desorden, sin una organización lógica.

Ella es la reina de la Tierra por ministerio de ley, pero ella se cree la reina de la Tierra por sus cualidades de inteligencia, poder y belleza. Se cree una elegida con una misión sacrosanta y bendita. Cree y está convencida de que es la única que puede llevar a cabo la tarea que le fue encomendada por un ser superior y omnipresente; nadie cuenta con los atributos y talentos para ello, sólo ella.

Su mente está invadida de contradicciones: asegura que los problemas actuales se siguen agudizando y que nadie puede hacer nada al respecto, y a la vez presume un excelente desempeño individual, político y social.

Es de carácter explosivo e incontrolable, ventajosa, arrogante y perversa. Debido a su naturaleza agresiva es incapaz de empatizar con las personas; hace el bien sólo de forma inconsciente. Tiende a ser provocadora, adjudicando calificativos groseros y vulgares a sus imaginarios adversarios, sólo la soportan las personas que piensen como ella, las que dependen de ella y las que son manipuladas por ella. La reina puede causar un malestar significativo con su sola presencia, pues no puede hablar sin criticar, insulta sin motivos, siempre cree tener la razón y está segura de que los demás están equivocados o mienten. A falta de argumentos, y como arma para amedrentar a quienes la enfrentan o difieren de su singular ideología, utiliza la denostación, la ofensa, la diatriba.

Su actitud es desafiante, antagónica y peleonera; reta sin argumentos ni cimientos; es tramposa e insensible. Ella hace todo lo necesario para ganar, utilizando todo tipo de trampas y trucos; y si pierde, se raja.

La reina es especialista en crear expectativas en los ingenuos o ignorantes, dirigiendo sus discursos a este segmento, pues sabe que esa estrategia no funcionaría con gente autónoma o independiente. Gusta de hacer promesas imposibles de cumplir que sabe de antemano que no puede cumplir. Es incapaz de reconocer otro tipo de realidad que no sea la suya, así que repite y repite lo mismo para tratar de convencer.

Su cabeza está llena de ideas delirantes, como creerse una diosa o una profetiza intocable. Se siente la elegida, inmortal e inmune a sufrir daño, hermosa y atractiva, pero a la vez inconforme con su físico. No razona, no piensa, no entiende que no entiende, defiende lo indefendible, su terquedad es enfermiza, sólo se aferra a su verdad y de ahí nadie la mueve. Su filosofía es: primero yo, después yo y al final, yo.

La Perrúbela cree poseer una capacidad mayor de la que realmente tiene; cree merecer, por sus atributos y méritos, los cargos que ha tenido. Ella no sabe transigir aunque esté claramente derrotada.

Dominada por su enfermizo delirio de grandeza, la reina está segura de haber sido seleccionada para transformar al planeta y que quien disienta de ella será un enemigo mortal del pueblo y del cambio. Es desconfiada y no confía ni en su sombra, y, a la vez, es tan despistada que todo lo descuida. También sufre delirios de persecución, ansiedad e insomnio de noche, pero de día duerme plácidamente; y más cuando hay que trabajar.

Los muchos síntomas de su paranoia son más que inconfundibles: su incontrolable preocupación raya en el miedo, hasta el punto de creer que los demás tienen motivos ocultos para perjudicarla. En la pequeñez de su mente imagina que puede ser explotada, usada o lastimada por sus enemigos, o que se aprovecharían de su talento y su belleza. Eso mismo la vuelve incapaz de generar sinergia o empatía.

La mandataria es propietaria de una desmesurada hostilidad contra su entorno; por eso su razonamiento de que quien no esté con ella estará contra ella. He ahí el origen de sus actitudes ofensivas y defensivas.

Su especial comunicación no verbal suele indicar manías persecutorias, pudiendo llegar a ver indicios de una conspiración orquestada contra ella, incluso por enemigos jurados entre sí, que se reúnen sólo para atacarla.

Carente de autocrítica, la Perrúbela jamás se autoevalúa; siempre está criticando la basurita en el ojo ajeno, pero no ve la viga en el suyo. Ella repite que no es vengativa, pero aprovecha su poder para dañar a sus adversarios.

Su mente almacena datos falsos e inverosímiles, los más tontos e imposibles de materializar en la práctica; los repite diariamente y de tanto repetirlos los convierte en verdad, al menos dentro de su cerebro. Su información no corresponde con la realidad ni con la de los medios que la increpan, incluso no corresponde ni con la de su propio gabinete, ni siquiera con la de sus comunicadores pagados.

Ella es presa de grandes frustraciones, cuyo origen también atribuye a sus adversarios y a campañas en su contra; siempre víctima de acciones malignas de otras personas, de grupos políticos o de instituciones.

La mandataria realmente está segura de sus ideologías y no se le puede convencer de lo contrario, incluso ni con hechos concretos basados en argumentos, pruebas, experimentos o razonamientos lógicos. Su mente está atrofiada y cerrada a nuevos aprendizajes; parece que ha llegado a su límite, pues desde hace tiempo está estancada, atorada. Ella toca fondo, pero no sube, sino que se va más abajo que el mismo fondo.

Es un ente incapaz de reconocer hechos sobre las pérdidas millonarias originadas por sus malas decisiones y los daños irreversibles que causa a la economía, al medio ambiente y a la sociedad. También representa un gran riesgo para la libertad, la integridad y la vida de las personas, debido a sus deficiencias neuronales y a la ligereza con que maneja los asuntos jurídicos, de administración y de impartición de justicia.

Sus acciones provocan la aceleración de la destrucción de la actividad económica, promueven el estancamiento y la inminente quiebra de pequeñas y grandes empresas, así como la fuga de capitales y cerebros hacia otros planetas. Los principales indicadores que avalan y justifican esta conclusión son: el notorio retraso que presenta la Tierra en comparación con otros planetas de la misma galaxia, el número de fallecimientos que sobrepasa, con mucho, a los años anteriores, el incremento del número de millones de pobres a partir de su advenimiento al trono, las enfermedades infecciosas ya incontrolables en todo el globo, el deterioro del medio ambiente, los conflictos armados, el nulo turismo, la destrucción y desaparición de las flotillas de naves ultraplanetarias y la creciente corrupción.

Todo lo anterior, aunque son datos duros, la reina los desconoce totalmente, y es verdad. Al principio, haciendo gala de todo su cinismo, dice que desconoce esos números o datos; se lo repite tantas veces hasta convencerse a sí misma de que realmente los desconoce. Al engañarse y convencerse de cualquier mentira, la Perrúbela elimina el cinismo y surge una creencia real, ingenua y antinatural que es su verdad, su única verdad; otra información no existe, no es compatible con su cerebro, pues no se puede almacenar ni guardar.

Begonia Yoshidaka
Perrapeuta calificada
Prefectura de Miyagi, Sendai, Japón,
a 27 de diciembre de 2047

Por enésima vez me pregunto: ¿cómo llegamos a este punto? ¿Cómo es posible que la perra, siendo tan inepta e incompetente y con tres o cuatro neuronas en su cerebro, ostente el gran honor de presidir el reinado del planeta? Y lo que es peor: ¿cómo lo seguimos permitiendo?

¿Cómo entender que si la decisión de designar a los gobernantes radica exclusivamente en el pueblo, este pueblo haya decidido que ella nos gobernara y además decida seguirla apoyando a cambio de migajas que denigran más que ayudar? Creo que los del pueblo se están equivocando rotundamente o están siendo manipulados y engañados, pues a través de discursos populistas les hacen creer que ellos pueden tomar las decisiones que legítima y constitucionalmente le corresponden al Estado.

¿O qué opinan ustedes? ¿Debemos confiar al pueblo el manejo de la salud? ¿O la economía de los países? ¿O la seguridad pública? ¿La educación? ¿Las leyes?

Ese día te encontré, Campítor, cuando salí de la sala de gobernadores justificadamente contrariado —ya te imaginarás por qué—. ¿Te acuerdas? Nos saludamos con mucha efusión y alegría; me dio mucho gusto verte, hasta se me quitó el coraje contra la zorra por no haberme recibido. Siempre te he considerado como un hermano. Recuerdo clarito lo que te dije:

—¡Estimado, amigo! ¡Qué bueno que te veo! Tantos años; quizás contigo me pueda desahogar. Te invito un café o un tequila en un lugar tranquilo y reservado; alejado de todo este movimiento de ruido y gente. Dónde tú prefieras.

7

LA PERRÚBELA INICIA

Un rincón escondido y oscuro de un bar, alejados del bullicio y de miradas curiosas, fue el lugar que escogimos; el lugar del reencuentro entre tú y yo, el momento de la catarsis, bueno, al menos para mí, je, je. Ahí iniciamos nuestra conversa. Jamás me imaginé la gran sorpresa que me tenías guardada, eres increíble, amigo. Y yo que empecé inocentemente con mi confesión sin darme cuenta que me estaba dando un balazo en el pie derecho y otro en el izquierdo, je, je, je.

—Conozco la historia de la madama mejor que ninguno, pero no se la puedo contar a nadie sin arriesgar mi vida. No se la puedo contar a Rodolfo porque pudiera delatarme; no se la puedo contar a los medios porque pudiesen ser obligados a revelar su fuente; no se la puedo contar a los dirigentes de los partidos porque no son de fiar; no se la puedo contar a ninguno de los miles de prefectos y premiers de la Tierra porque no los conozco lo suficiente y alguno podría traicionarme, pues hay varios que, aunque no son afines a la reina, venderían su alma al diablo por tal de quedar bien con ella. Nunca se sabe, amigo. ¿Y qué te puedo decir de los funcionarios que trabajan alrededor de la man-damás? Si es que a eso se le puede llamar trabajo; algunos ni siquiera tienen claras sus funciones de servidores públicos. Es una caterva de adeptos entrenados para aplaudirle; son lambiscones profesionales expertos en adulación y lisonja. Nomás les falta reptar como víboras y menear el rabo como perritos. ¿Cómo podría confiar en ellos? Y es que hay mucho dinero en juego, muchos riesgos, muchos intereses que tú ya sabes. ¡Qué tristeza de funcionarios! La verdad es que dan pena ajena, son una vergüenza. La oclocracia disfrazada de democracia; la autoridad corrompida hasta el tuétano y apo-yada por el populacho tumultuoso y servil. ¡Qué lejos estamos del anhelado gobierno del pueblo! Nos precipitamos inexorablemente a la consolidación de una dictadura per-versa y vil que cada día acerca más a nuestro mundo a su inminente descarrilamiento. Estos funcionarios que pudiesen llevar a cabo una excelente e importante labor en beneficio de la sociedad y de las instituciones, que para eso se les paga, son utilizados por el régimen como espías, como manda-deros, como punteros en contra de los enemigos fabricados en la mente calenturienta de esa desdichada demente. ¡Cuántos periodistas, activistas y líderes de opinión duermen el sueño de los justos por haberse atrevido a contradecir a la arpía! Incluso allegados y cercanos al sistema corrieron la misma suerte cuando se rebelaron y dejaron de ser fieles al tonto régimen. El más grande delito que cometemos los indi-viduos en este planeta, otrora progresista y echado para adelante, es decir la verdad, respetar las letras de las leyes, denunciar las barbaridades que como parte de una rutina malsana lleva a cabo el remedo de reina y su pandilla de rufianes. En diversas ocasiones me he platicado a mí mismo la verdadera historia de la reina y los males que ha provocado al mundo; ya que si se la cuento a otra persona corro el riesgo de amanecer en un callejón con la boca llena de moscas o sin gañote. Es muy extraño, amigo, pero incluso he llegado a tener desconfianza hasta de mí mismo; a veces creo que pudiese darse el caso de que yo mismo me traicionara. Estamos tan ariscos y estresados que las situaciones más inverosímiles se nos vienen a la mente; hay que cuidarnos hasta de nuestra propia sombra. Y es que, a decir verdad, desde hace algún tiempo para acá, he notado con cierta alarma que mi sombra me sigue a todos lados; camino y la sombra camina tras de mí; me regreso y la sombra se regresa conmigo; aprieto el paso y la sombra corre para alcanzarme y no me deja solo ni un instante. En las noches muy oscuras, la sombra me deja algunos momentos en paz y es cuando descanso un poco y recupero la conciencia. A ti te considero el mejor de mis mejores amigos, Campítor; cuentas con toda mi confianza y estimación, principalmente desde el accidente. Sé que estuvo muy difícil esa etapa de tu vida y discúlpame si te hago recordar asuntos traumáticos. Sé que fuiste de los pocos que sobrevivió al avionazo y después a la hambruna, lo que sin dudas te debe haber dejado fuertes secuelas psicológicas y orgánicas. En aquel tiempo me enteré a través de los medios de todos los pormenores de tu increíble aventura. ¡Qué suerte tuviste! Eres bendecido. Caer en un desierto de Siberia y lograr conservar la vida comiendo carne humana de los propios compañeros muertos es muy fuerte, y a la vez revela que tú, amigo, eres privilegiado; eres triunfador, de algún modo. Nunca supimos a ciencia cierta el motivo del accidente, yo creo que ni tú lo sabes; algunos le echaban la culpa a la falta de pericia del piloto, otros dicen que el combustóleo se congeló y otros más le achacan esto a los cambios que hicieron en los corredores aeronáuticos. Y es que la reina se mete en todo, no obstante, su ignorancia extrema quiere intervenir en todas las áreas estratégicas donde las decisiones deberían de tomarse por especialistas en cada materia. ¿Qué tiene que hacer la mandataria cambiando las rutas y los vuelos? Para eso están los especialistas. La realidad es que también ya deberíamos haber dejado de usar esa basura de combustible que yo creo firmemente que fue parte importante del trágico accidente; tan bien que íbamos con el uso de las energías limpias, pero con este régimen hemos regresado a los setentas, a los combustibles fósiles, sucios y caros. Nomás nos falta volver a las mulas y a la taspana. Los 12 planetas restantes de esta galaxia ya han migrado a las energías limpias, como la energía solar, la eólica, la hidrológica, la estelar, las tejas fotovoltaicas, las células solares y otras muchas que han traído de las partes más recónditas de la vía láctea; mientras tanto, en nuestro planeta se les sigue metiendo costales de dinero a las refinerías como si fueran la gran panacea. Ya sobrepasamos las 1000 en el planeta, y los del sureste asiático siguen incrementando la capacidad de refinación, en franca competencia con China, Rusia, los Estados Unidos y Medio Oriente. Todos quieren producir más; mientras tanto, los precios se van al suelo y la precarización del proletariado se agudiza más y más. Esos monstruos contaminantes están minando la endeble salud de los terrestres y de los escasos turistas extraterrestres que todavía se atreven a visitarnos. En poco tiempo tendremos más nuevos elefantes blancos. A ti sí te puedo platicar todo el estiércol que rodea la historia de la fiera, y no es porque seas mudo, sordo y ciego, además de que perdiste los sentidos del gusto y del tacto en el accidente, no es por eso, te lo voy a contar porque eres mi amigo, porque confío en ti. Que no se malinterprete, porfa. Tú sabes que es del dominio público que todas las personas de bien estamos vigiladas y amenazadas todas las horas del santo día, mientras que los más corruptos delincuentes y pervertidos que antes eran prospectos para estar en Challapalca o en Diyarbakir, o de perdis en la Florence nueva de Alaska, se pasean en el castillo perrubelar como Juan por su casa; se lucen a un costado de la arpía, disfrutando las mieles del poder y de la protección de su manto bendito y purificador. No sé cómo empezar, mi estimado amigo, yo creo que por el principio sería lo más conveniente. La verdad es que a veces todavía creo que esto es una pesadilla colectiva, que de repente despertaremos o que un milagro libertador acabará con este martirio. Y sólo hay dos opciones que pudiesen generar ese tan ansiado milagro; una, que la gente despierte y entienda el engaño de que es objeto, o dos, que el Consejo de la junta se entere de lo que pasa en nuestro planeta y tomen cartas en el asunto; ambas se antojan bastante difíciles. Yo creo que es más probable que la gente se harte de las promesas incumplidas y de las mentiras y se levante contra la dictadura; así se han dado la mayoría de los cambios revolucionarios en la Tierra y en todo el Universo. Esta calamidad y este desbarajuste que nos aqueja, amigo mío, no siempre existió. Hace tiempo, cuando tú todavía eras un peque, la Tierra era un lindo lugar para vivir; había mucho alimento, vegetación, aguas cristalinas y diáfanas, trabajo, escuelas, hospitales funcionales y aire puro y limpio. La gente se divertía y los entes de otros planetas nos visitaban con gusto y con frecuencia; había turismo, diversiones, distracciones y paseos. En Anaheim, una bella ciudad de los Estados Unidos, teníamos un parque hermoso que se llamaba Disneyland. Mi sueño más recurrente es que podamos volver a ese paraíso terrenal de antaño, a esa quietud, a esa tranquilidad, a esa seguridad, a esa paz, a ese progreso, pero para eso se necesita mucho trabajo y decisiones inteligentes, radicales, individuales y colectivas. México es el único lugar de la Tierra que todavía es apto para vivir en armonía; ahí se respira tranquilidad y bonanza, se mantiene la evolución, el crecimiento, el desarrollo, y, además, predomina el respeto a las leyes; en verdad espero que no sea contaminado por el resto de la Tierra, donde domina esa cosa que la fiera ha dado en llamar la Transmutación Perrona. Ya todos nos hemos acostumbrado a ese nombre ridículo y mamón, pues la reina espuria y los medios lo repiten hasta el cansancio, aunque esa Transmutación Perrona obviamente no existe; nadie sabe qué es, para qué sirve o con qué se come. Te voy a contar lo que dicen los viejos sobre cómo empezó esta historia de terror, para oreja: cuenta la leyenda que hace muchas Lunas luz, el Consejo de la junta, que tiene su sede en el planeta Aurita, envió a una espía a explorar un conglomerado de planetas enanos muy lejano, con el fin de investigar algunos materiales que habían detectado con sus radares y que probablemente les funcionarían como combustibles para sus naves. Aurita es un planeta que se ubica en la zona boreal del Cinturón de Kuiper y está aproximadamente a 9,000 millones de kilómetros de la Tierra; es gobernado por la especie perruna, predominando las razas caniches por su inteligencia, su instinto y su singular simpatía. En los últimos tiempos han experimentado un creciente desarrollo en lo referente a la ciencia mecatrónica y todo tipo de avances tecnológicos, lo que les ha permitido armar una gran flotilla de veloces y elegantes naves. Siempre a la vanguardia, las razas caniches toy están investigando nuevos fluidos que puedan mejorar el ya de por sí perfecto funcionamiento de sus casas voladoras, sus clones de avanzada y sus cápsulas de teletransportación humana y material. Esa mensajera del espacio que salió de Aurita en esa delicada misión era nada más y nada menos que la que hoy tenemos como nuestra mandataria; esa que asusta o da risa tan sólo con verla y que ahora, por desgracia, hace como que nos gobierna y que con sus torpes decisiones está acabando con todo lo bueno y útil que teníamos, incluyendo nuestros valores y autoestima. Pues resulta que un gran meteoro golpeó la parte trasera de la nave de la otrora espía auritense, la cual empezó a presentar fallas en su funcionamiento turbo transportador y en sus controles de ubicación; su brújula voló en pedazos, su GPS se averió, los drones de avanzada se extraviaron y se volvieron locos, por lo cual le fue imposible mantener la ruta original. Al perder el sentido de orientación, la criatura viajó erráticamente a través del espacio sideral, imposibilitada para manejar manualmente los controles de la nave, quedando a la deriva muy lejos de su planeta y con mínimas probabilidades de sobrevivir. No se sabe con exactitud lo que realmente aconteció, pero hay evidencia que sugiere que la nave atravesó un hoyo negro que no figuraba en el atlas de Aurita y cuya salida estaba ubicada precisamente en el espacio aéreo de la Tierra, sobre Japón. La nave se estrelló aparatosamente en unos campos de pepino, al pie de la cordillera de los Alpes, quedando la criatura muy malherida, con varios huesos dislocados, quemaduras de tercer grado en gran parte de su cuerpo y con un severo traumatismo craneoencefálico que le provocó vómito proyectil y trastornos motrices. Los que vivían en ese lugar y en ese tiempo se quedaron muy sorprendidos porque la nave no explotó y, además, porque la criatura sobrevivió milagrosamente a tan tremendo accidente. Eso sucedió hace alrededor de 25 años, cuando todavía estaba Biden. Según dicen, el impacto se amortiguó al bajar la nave por la falda de un cerro, arrasando árboles y pequeñas mesetas que providencialmente fueron frenando y disminuyendo la velocidad de la misma hasta quedar depositada casi suavemente en el campo. A muchos les parece inverosímil esta versión, pero yo sí la creo; es lo que dijeron unos alpinistas que vieron todo desde una posición privilegiada. Además, hay un antecedente que me hace creer que esto pudo haber sucedido en realidad. Recuerdo el caso de Vesna Vulovic, una azafata que sobrevivió a una caída de 9,000 metros cuando el avión en que viajaba explotó. Cuentan que el fuselaje y ella se deslizaron por una pendiente a través de ramas de pino y una gruesa capa de nieve que suavizaron el impacto. Pero volviendo al tema de la hiena, la alienígena sanó muy rápido de sus heridas, lo que en su momento se consideró un milagro por la plebe; después se suscitaron otros hechos que levantaron como tolvanera el chisme de que era inmortal y que, al igual que Cristo, tenía el poder de la resurrección. Según cuentan, hay un video y 16 testigos que no hablan, pero que sí miran, huelen y oyen perfectamente, que dan fe de la veracidad de los hechos que a continuación te voy a revelar. También existe un documental que inicia relatando sobre un trabajo que la extraterrestre tuvo por un corto tiempo en el trigésimo sexto piso de una torre de Tokio, un viejo edificio que alberga varias oficinas de diversos giros comerciales, industriales y de servicios. Pues resulta que Licantro, administrador del nivel, descubrió que La Perrúbela tenía ciertos poderes, entre los que destacaban su buena suerte; como él era bastante supersticioso supuso que ella tenía un pacto con el diablo, por lo que decidió exterminarla, pensando que con eso le haría un favor a la humanidad. Para poder llevar a cabo su cometido le hizo creer a la fea criatura que estaba enamorado de ella para que se confiara y así poder exterminarla en la primera oportunidad. La oportunidad la pintan calva; y esa tarde la secretaria Paloma (como le decían en la empresa) estaba junto a los amplios ventanales de las lujosas oficinas comiéndose su tercera torta del día. El administrador se le acercó y le dijo:

—¡Paloma!

—¡Qué! —respondió la extraterrestre.

—Se dice mande, idiota.

—Mande, idiota.

—Quiero platicar contigo.

—¿Sobre lo nuestro?

—No hay nada nuestro.

—De lo que te quiero hablar es de tu próximo viaje.

—¿Cuál viaje?

—El que vas a hacer el día de hoy.

—No me ha dicho nada Marcelo.

—Pues tu vuelo está listo.

—¿Cuál vuelo? ¿A dónde voy a volar, Lica?

—¡A la calle! ¡Muere, tonta! Ja, ja, ja.

—¿Qué? ¿Por qué me matas, Licaaaaaa?

—Porque traes el chamuco adentro.

—¿Es un adiós definitivooooooooo?

—Es un hasta nunca, perra.

—¿Ya no me amaaaas?

—Los que la vieron en vivo, y también los que vieron el video, aseguran que decía todo esto en pleno vuelo hacia el duro pavimento, pero que en ningún momento soltó la torta. El golpe seco contra la dura superficie acalló la voz chillona de la pobre Paloma que no sabía volar. La desgraciada quedó embarrada en el pavimento y todavía le pasaron varios autos por encima. Permaneció quieta en un charco viscoso de sangre azul, con su cuerpo desmadejado, desarticulado, amorfo. Yo no estuve ahí, y qué bueno, pues debe haber sido un espectáculo horrendo; los que la vieron aseguran que ya no tenía signos vitales. No se le hicieron pruebas en ese momento, pero a leguas se notaba su *rigor mortis*. Oscureció y con la fría noche el tráfico se hizo casi nada. El cadáver de la perra seguía untado en el asfalto. Al amparo de la media noche se empezaron a acercar al fiambre varios perros hambrientos, dicen que eran 16, de todas las razas y colores. Los animales hambrientos empezaron a mordisquear el sucio cuerpo con desconfianza, pues despedía un olor nauseabundo y desagradable. Aunque aquellos canes eran callejeros, tenían su dignidad y sus gustos; a pesar de que estaban acostumbrados a comer de todo, la perra les pareció asquerosa.

—¿Nos la comemos?

—Pero güele muy fuerte.

—Yo traigo un chorro de hambre, no como desde ayer, creo que me voy a echar un piernil, aunque está muy flaca; casi no tiene carnita, puros güesos y cuero.

—Yo voy a probar la costilla.

—Yo paso, sabe muy feo.

—Dicen que la cola tiene muchos nutrientes, le voy a dar un mordisco a ver a qué sabe.

—Provechito.

—Después, la propia secretaria Paloma le contó a la prensa y a los loqueros que lo primero que despertó en ella fue su conciencia, y horrorizada se empezó a percatar, sin dolor alguno, que se la estaban comiendo. Ella quería hablar, quería gritar desesperada, pero no salían sonidos de su garganta ni podía moverse, sólo les gritaba con su pensamiento y su mirada a los perros:

—No me coman por *please*. ¡*Help, help*! —suplicaba la Paloma.

—¡Guácala! Qué asco. Sabe horrible —comentó uno de los perros.

—¡No me coman malditos! ¡*Help*! ¡Me tragaaaan!

—Al fin, haciendo un supremo esfuerzo, la criatura pudo articular un gemido y mover una pata, luego una oreja; todo esto ante el asombro y el pavor de sus pares:

—¡Aaaaagh malditos! ¡Los voy a matar! —les gritaba la pobre Paloma.

—¡Ay Dios! ¡Está viva! ¡Resucitó como Jesús! ¡Corran! ¡Es un demoño!

—Dicen que los 16 perros de diversas razas salieron despavoridos, pues desde hacía un rato tenían la plena seguridad de que la fea criatura estaba bien muerta, principalmente por el olor nauseabundo que despedía y por su insensibilidad al ser mordida. Algo sobrenatural estaba ocurriendo y los chuchos no iban a quedarse a averiguar qué era, ya que todos se distinguían por ser animales mansos, nobles y tranquilos; no estaban acostumbrados a esos excesos. La perra se incorporó con movimientos robóticos y maquinales hasta quedar erecta; parecía más alta, más fea, más loca. Algo inaudito estaba sucediendo, y es que, ante el asombro de la noche, de la incipiente lluvia y de una cámara oculta, sus partes que le habían mochado a mordidas y jaloneos se estaban regenerando rápidamente entre convulsiones y gritos de dolor. La secretaria Paloma se irguió poderosa, totalmente recuperada y recargada; sus ojos de tigre parecían dos lanzas flamígeras que atravesaban todo. Estaba enloquecida por la furia y la decepción, entonces subió corriendo las escaleras del edificio en busca de venganza. Cuando entró intempestivamente a la oficina, la lluvia arreció como presintiendo que otra tempestad más grande la opacaría. Al quedar uno frente al otro, ambos se midieron con sus miradas; la lucha sería a muerte; no habría cuartel. Paloma fue la que rompió el hielo:

—Hola.

—Permíteme un momento, estoy hablando con mi esposa. Respeta.

—No me pidas perdón, no te servirá de nada.

—¿Tú? ¡Eres tú! No te reconocía; te confundí con otra. Soy muy malo para las caras. Tienes más vidas que un gato. Ya casi termino la llamada, es mi mujer; espera calladita, ¿sí?

—Cuelga, ya sabes cómo soy cuando me enojo.

—Adiós, cariño. Por la noche te explico todo lo relacionado con el pentagrama y la clave de FA. ¡Palomita! ¡Qué susto me diste! Pensé que te habías muerto; yo no quería lanzarte al vacío, sólo quería abrazarte, pero me tropecé con ese estorboso maniquí y te empujé sin querer.

—Te creo, te ves muy sincero. Pero qué bruto eres; te tropiezas a cada rato, ten cuidado mi amor. ¡Qué bárbaro! Un día de estos te puedes lastimar y yo no quiero que te pase nada. No quiero quedarme viuda antes de casarme, ja, ja, ja, ja.

—Ya vas.

—¿A dónde voy?

—¡A volar! ¡Muere tonta! Ja, ja, ja.

—Pero… ¿Qué haces? ¿Otra vez me matas? ¿Ya no me amas? A la pareja no se le miente ni se le mata.

—¡Adiós, maldito engendro del demonio! ¡Buen viaje! Te volví a engañar, ja, ja, ja, ja.

—¿Es tu última palabraaaaa? ¿Seguro que ya no me quie-reeeees? Piénsalo bieeeeen. ¡Recapacitaaaaa!

—La segunda vez que Paloma se estrelló en el piso ya no gritó; estaba demasiado enojada para gritar. Quedó toda quebrada, pero sus huesos y músculos se empezaron a regenerar más rápido. Parecía que estaba desarrollando el poder de la regeneración instantánea. Los mismos 16 perros que la vieron caer la primera vez, siempre hambrientos y voraces, se volvieron a acercar para tratar de nutrirse un poco, pero en esta ocasión la bestezuela se levantó casi al instante, sin darles tiempo de nada. Y allá fue de nueva cuenta a terminar con su enemigo, convertida en un energúmeno y con todos sus poderes maximizados; ya no habría clemencia. A Paloma la podían engañar una vez, dos veces, pero no tres. En un santiamén ella estaba de nuevo en la oficina, la cual encontró totalmente vacía. El cobarde y frustrado asesino había huido para nunca más volver; ahora sí estaba convencido de que la hiena tenía un pacto con el demonio y prefirió huir cobardemente. La única señal que quedaba del tóxico novio era un mensaje en la pantalla de su computadora portátil, con letra Colonna MT negrita, el cual decía: *"I will be back"*. Paloma intentó tomar una foto de la leyenda dejada por el casi asesino para después investigar qué significaba ese mensaje, pero al activar la cámara de su celular, la pantalla se puso negra. Se había quedado sin pila. La pobre Paloma, entre sollozos, dijo: "¿No tendrás un cargador que me prestes mi amooooor? Me quedé sin pila. Te lo devuelvo el miércoles. ¡Licantroooo! ¡Vuelveeee! ¿Dónde estás?". Pero ya no hubo respuesta y quedó por fin sola, desconsolada y triste, con su corazón más seco que un leño, sin esperanza alguna para el amor, susurrando palabras llenas de pesar: "Lica, por favor no me dejes; y si me vas a dejar, préstame tu cargador y después te vas. ¡Snif!". Existe un documento acerca de la prueba que se le practicó a la hiena con respecto a sus resurrecciones, yo tengo una copia; me la hizo llegar en forma secreta y discreta un paisano y excompañero de escuela. Aunque el papiro ya está un poco despintado, aún se alcanzan a escudriñar los detalles, y lo principal es que al pie del documento se puede leer claramente la palabra "Positivo". La duda que todavía tenemos en la comunidad nipona es lo que significa haber dado "Positivo" en el examen; nadie lo sabe, ni ella misma. Las opiniones están divididas. Una parte, integrada principalmente por ufólogos, ocultólogos y tanatólogos, opina que la palabra positivo significaría que la perra es inmortal; la otra parte, donde hay varios QFB, la interpreta en sentido opuesto, es decir, que la palabra positivo indica que la chucha sí puede morir. He ahí la controversia irreconciliable que persiste, y es que ni los mismos científicos que inventaron y difundieron esa prueba saben a ciencia cierta qué es lo correcto. Con el tiempo, y como un débil intento de acabar de una vez por todas con esa incertidumbre, las instituciones han determinado que si alguien muere, significa que no era inmortal, y sí alguien no ha muerto nunca, entonces es inmortal, pero sólo será inmortal hasta que muera, ya que al morir, obviamente, dejará de ser inmortal. Todos somos inmortales mientras no muramos; ese es el criterio que se sigue sobre el tema. Además de lo anterior, se ha presentado otro aspecto que incrementa más la incertidumbre y la duda, ya que en el documento dice claramente: prueba de "inmoralidad", no de inmortalidad. No sabemos si fue un error de dedo o si realmente es una prueba de inmoralidad. No tenemos la plena certeza de que la prueba practicada a la perra fue de inmortalidad. Sabemos que es inmoral, de eso no hay duda, pero de su inmortalidad no podemos decir lo mismo. De sus dos resurrecciones no hay ninguna duda, pues están los 16 testigos que no hablan y los videos. Pero regresemos un poco más al pasado, al origen de todas nuestras desgracias, al día en que la hiena cayó en nuestro planeta; te cuento algunos detalles sobre sus primeros meses entre los humanos. La criatura pedía ayuda a gritos a unos campesinos que estaban trabajando cerca, pero estos, al verla, huyeron despavoridos con la cola entre las patas. Cabe mencionar que cuando la perra vivía en su planeta no era fea, sólo era una akita normal. Su fealdad es resultado de su traumático viaje, sus quemaduras, golpes y las exposiciones a las que estuvo sometida en el agujero negro. Ese día estuvo lloviendo a cántaros y se desató una tormenta eléctrica; a la criatura le causaron horror los truenos y los relámpagos, ya que en su planeta no existen las tormentas eléctricas, sólo las tormentas de arena. Obviamente, ella no conocía estas manifestaciones de la naturaleza, por lo que el terror hizo presa de ella. La fisionomía y los alaridos de la perra, iluminada a intervalos por los grandes relámpagos, eran todo un espectáculo; los efectos de atravesar un agujero negro no son poca cosa. Las secuelas más notorias después del accidente fueron: múltiples deformaciones en su cuerpo, granos en su cara, piel amarillenta y rasposa, cabello ralo y grueso, como las crines de un caballo, ojos vidriosos, piernas flacas y largas, cola y orejas normales. Ella era una humanoide perruna con un toque de humanidad mal pincelado, diría Galo de Griecher; era una criatura desproporcionada, inconclusa, sin gracia ni formas. Ella ha llegado a sentirse y creerse humana, pues como consecuencia del accidente perdió parte de su memoria y no recuerda sus orígenes ni a la especie a la que pertenece; realmente siente y está segura de que es humana sencillamente porque se ve dentro de grupos de humanos, por lo cual camina torpemente en dos patas y en zapatillas. Es como una caricatura de plastilina confeccionada por alguien que no sabe hacer figuras de plastilina, alguien que no tiene idea de la proporcionalidad de las partes del cuerpo y de las escalas y sombras. En cuanto a su desenvoltura... ¿Qué te diré? Ella profiere sólo ofensas, no escucha a los demás, es irrespetuosa, maleducada, grosera, vulgar, ventajosa y traicionera. Nadie le tiene confianza, nadie quiere estar cerca de ella porque también es sucia y maloliente. Le dicen la imbañable, pues se cuenta que jamás se ha bañado; a excepción de cuando llueve y no alcanza a refugiarse en algún portal, entonces el penetrante olor a sudor que despide la pequeña parte humana, que con su fe y esfuerzos bien pudiera haber desarrollado, da fe de su imbañabilidad. Lo anterior, aunado a su mirada perdida y caminar robótico y errático, le da una facha de estrambótica y demente que asusta a unos mientras a otros les causa risa. Con el tiempo la gente del Japón se acostumbró a este adefesio y la empezaron a ver como parte del paisaje, la parte fea del paisaje. También la escucharon hablar y la vieron caminar, tratando de parecer humana. Al principio sí lo hacía, pero después ya no sorprendía que ella hablara y actuara como humana, pues era inofensiva y pasaba como cualquier loco que anda de acá para allá sin causar mal a nadie; sin rumbo fijo, con la mirada extraviada, perdida en el horizonte, sin molestar. No sé por qué empezó a llamar la atención de algunos empresarios; quizá pensaron que si la incluían en su nómina y en sus empresas pudiesen repuntar sus ventas. Tenerla como un fenómeno para que el morbo jalara clientes y curiosos a los negocios; la idea parecía algo prometedora. Habría que ver si funcionaba o no. Quienes tenían que acercarse a ella usaban cubrebocas y guantes, ya que tenían miedo de contagiarse de alguna enfermedad, como el ABCD-51, que estaba en su segunda ola y que les cayó como anillo al dedo y perfecto pretexto para guardar la sana distancia sin sentirse mal por ella. No se sabe de qué se valió la zorra para empezar a figurar entre los empresarios ni cómo llegó a ser dueña de una compañía dedicada a la venta de acero, cemento, pisos, madera, pinturas e imper-meabilizantes. Ella fue privilegiada con el poder de su increíble suerte y le empezó a ir muy bien; sin embargo, sabemos que otra de sus principales características es que es tonta en extremo, por lo que su suerte también se cansaba de ayudarla. Poco tiempo después tuvo la genial idea de cambiar de nombre a su empresa, justificándola con asuntos fiscales y contables y gastando toda su fortuna en abogados y contadores para llevar a cabo su descabellado capricho. Al principio había registrado su negocio en el STJ como "Perrada Corporation", pero posteriormente decidió cambiarle el nombre a "Perradas Corporation"; una letra era la diferencia. ¡Qué locura! ¿Cuál era el tonto objetivo de cambiar de nombre a la empresa? Los dos nombres eran ridículos e irrelevantes; sin embargo, en el tiempo que duraran los trámites adminis-trativos y fiscales, la empresa no se podía abrir al público, por lo cual no había ventas ni ganancias, además, los abo-gados la acabaron de despelucar. Esa estupidez la llevó a la quiebra total y al cierre definitivo de su negocio. Meses después, sin un quinto en su bolso Gucci, famélica y desnutrida por falta de alimentos, se le miraba pidiendo limosna junto con otros indigentes en una calle populosa de Tokio. Como te decía, la perra tiene una suerte increíble y no iba a pasar mucho tiempo para que se recuperase. Cuando empezó a pedir limosna ella decía: "Una limosnita, por el amor de Dios", pero como no hablaba muy claro por ser de otro planeta, y porque le quedó chueca la quijada por el accidente, la gente millonaria de esa ciudad no entendió lo que ella decía y se confundieron, creyendo que les decía: "Una limusina, por el amor de Dios". Los millonarios, como es común, sin pensarlo mucho le entregaron sus limusinas usadas, y quienes no contaban con limusinas le entregaban autos y camionetas de otras marcas. Al acumular tantos vehículos en buen estado, la chucha tuvo que contratar decenas de choferes para trasladarlos y concentrarlos en un estadio con techumbre, que encontró abandonado y que usó como bodega y vivienda sin que nadie la molestara. Así que de la noche a la mañana se volvió rica con la venta de limusinas y otros vehículos usados, así como refacciones y accesorios. A la gente le empezó a parecer normal convivir con ella, pues todos aman a las akitas, tanto en Japón como en todo el mundo. Por otro lado, que ella manejara una empresa a pesar de sus minusvalías no le sorprendía a nadie, ya que hay mucho inepto manejando empresas u ostentando cargos públicos. Ella parecía manejar las empresas con las patas (bueno, obvio que sí las manejaba con las patas al no tener manos) y eso preocupaba a sus socios, aunque, contrario a la lógica, todo le salía bien. El problema se hizo preocupante cuando le dio por incursionar en la política, para lo cual constituyó un partido político que denominó: el PAL. Nadie se imaginó que esa decisión traería tanta destrucción y desgracias a la Tierra, pues de ser una ridícula parodia de emprendedora pasó a ser una activista política, a quien no le importaba destruir a las personas o a las instituciones con tal de alimentar sus ambiciones de poder y dominio. Por aquellos años las elecciones en Japón estaban próximas y había varios precandidatos de buen nivel; algunos presentaron magníficas plataformas y planes de acción, demostrando gran experiencia y conocimiento del manejo de las políticas públicas, de las energías limpias e ideas de como revertir el cambio climático. Creo que ellos hubiesen hecho un excelente papel de llegar al gobierno. La perra era un costal de mañas y utilizando la ignorancia e inocencia de la gente, sobre la cual tenía gran influencia, los puso en contra de los demás participantes, logrando anularlos por completo y vencerlos. Siendo virtual mandataria, y aún antes de tomar protesta como tal, la criatura empezó con la práctica de los foros consultivos básicos, pero todo a su modo: en forma ilegal y sin el menor respeto a la Constitución y a las leyes electivas. Con el fin de aparentar una democracia que estaba muy lejos de practicar, ella utilizaba estas herramientas a su favor, siempre manipulando los resultados e informando sólo mentiras. Sin embargo, insólitamente, la mayor parte del pueblo le creía. De hecho, todas sus actuaciones las llevaba a cabo fuera de la ley, pero tranquilamente acusaba a sus opositores de que eran ellos los que vivían al margen del estado de derecho, y una buena parte de la sociedad la apoyaba y la defendía con su vida. Las manifestaciones populistas le habían redituado simpatías. Cuando la extraterrestre ganó la elección en el Japón yo también fui candidato, siendo a mí al que menos vilipendió; no sé por qué. Quizá no le parecí un adversario de cuidado por mi aspecto bonachón y sonriente. Hubo muchas partes oscuras en esa elección y ninguna explicación ha convencido a la ciudadanía japonesa, y es que era técnicamente imposible que la perra ganara. ¿De dónde salieron tantos votos? Muchos aseguran que un funcionario amigo suyo, que hoy ostenta un alto cargo diplomático en su gobierno, operó para que se simulara una caída del sistema y en ese ínter se modificaran los resultados. La noticia del resultado electoral cayó como un balde de agua fría en la exigente sociedad nipona, generando descontento e indignación entre la gente de bien y en los intelectuales y empresarios. ¿Cómo una perra ignorante, sin carrera, sin vocación y sin tablas, iba a gobernar a un país de ese nivel? A leguas se podía inferir que ella no estaba preparada ni tan siquiera para hacer la limpieza de los baños del palacio. ¿Cómo era posible que esa gran nación quedara en manos (o en patas) de una bestezuela que ni siquiera pertenecía a la Tierra, que llegó al planeta por accidente y era desconocedora de todo, ignorante, tramposa, manipuladora e indigna? El tiempo es buen amigo o enemigo: lo que tanto molestaba al pueblo se fue olvidando; la *vox pópuli* enmudeció y la gente siguió su camino. Se metió cada quién en su rollo y la perra se afianzó en el poder sin obstáculos serios, sin contrapesos.

8

INCURSIÓN EN POLÍTICA

—La Perrúbela empezó su mandato como normalmente lo hacen los líderes populistas: como si el poder se tratase de un juguete nuevo, queriendo cambiar todo, creyéndose superior a cualquier gobernante, despidiendo empleados y funcionarios, echando a perder lo logrado por gobiernos anteriores y culpándolos de sus fracasos y sus pifias, y prometiendo las perlas de la virgen. Al poco tiempo de tomar posesión empezó a modificar las leyes y las constituciones, primero la de Japón y después se fue expandiendo, no sé cómo, y logró convencer a varios mandatarios y congresistas de otras naciones para que hicieran lo propio con su normatividad. Ella se unió a un grupo de viejos comunistas y con fines aviesos se dieron a la tarea de diseñar una Constitución mundial, la que después de muchos cabildeos lograron concretar ante el disenso de muchos países. La promulgación de la Constitución se llevó a cabo el lunes 3 de diciembre del 2035 de forma clandestina ya que había muchas manifestaciones en contra. Al amparo de ese estatuto jurídico hicieron y deshicieron a placer, decretando la desaparición de los continentes de la Tierra y que en su lugar sólo existirían dos gigantescos países ampliados y dentro de ellos diversas regiones que pasarían a ser colonias. Nadie se explica cómo la Perrúbela logró convencer a sus pares de llevar a cabo semejante locura. En el artículo 22 de ese ordenamiento mundial se especificaba que todas las colonias del planeta serían dependientes de México y Japón (de México las que estaban en América y de Japón las pertenecientes a Europa, Asia, África y Oceanía). En ese mismo artículo se introdujo la nueva figura de monarca de la Tierra, una que no existía anteriormente. Esto es a grandes rasgos lo que dice el artículo 22, aunque es muy amplio. Empero, no tiene caso que abunde en detalles, pues aquí nos cantaría la pitujuy. Mejor le seguimos. Con la ayuda de cómplices indignos, la Perrúbela fue dominando todo el orbe y empezó su campaña política con miras a obtener el reinado del planeta, utilizando todos los recursos del erario, preparándose para las primeras grandes elecciones terrestres. A la postre se convirtió en la primera reina del planeta, cargo al que llegó de forma muy cuestionable, igualito como sucedió en Japón. La reina tuvo que tomar protesta en un motel, ya que las innumerables manifestaciones en su contra no le permitieron ingresar al Castillo Perrubelar. El mismo funcionario que años antes tumbó el sistema en el Japón operó las elecciones terrestres, y fue la misma corte vendida la que validó los resultados finales y le dio la constancia de mayoría. Nosotros, al igual que otros partidos de oposición, en su momento pedimos que se abrieran todos los paquetes para contar voto por voto, pero la legislación no lo permite, pues previamente dejaron una prohibición en un transitorio de la propia Constitución que especifica que sólo se abrirían los paquetes para su recuento a solicitud de la reina o de la corte suprema. Lo primero que hizo la reina espuria al acceder al trono fue deshacerse de sus cómplices para quedarse sola con todo el poder; posteriormente se dedicó de tiempo completo a cancelar obras de trascendencia mundial que generaban trabajo y riqueza para millones. Se dice que su arraigado ego no le permitía conservar o terminar alguna obra que hubiese empezado algún otro gobernante de los antiguos países, por lo cual ordenaba demolerlas sin ningún estudio o análisis de consecuencias. Cualquier obra iniciada en administraciones del pasado fue demolida desde sus cimientos por órdenes de la mandataria, claro, sin averiguaciones y sin considerar las pérdidas económicas para el erario, los problemas jurídicos y las numerosas indemnizaciones que tendrían que pagarse por daños patrimoniales a los inversores. Entre las principales obras que la reina destruyó, destacaba, por su importancia y potencial económico, la escalera a la Luna, construida por los Estados Unidos, la cual era una joya arquitectónica y un orgullo de ese país que fue potencia mundial en el pasado reciente. Esa escalera había sido un elemento fundamental cuando dio inicio la migración hacia el satélite terrestre; primero se llevaron a cabo viajes turísticos, pero posteriormente, al descubrirse y abrirse para su explotación las minas de oro y titanio, se empezaron a dar visas de trabajo y se enviaron naves repletas de personas para cubrir la demanda laboral. Se expropiaron las minas con el fin de que fuesen explotadas por el gobierno, pero eso quedó en nada. Actualmente el satélite se encuentra abandonado y los pozos falsos de agua ya no producen el vital líquido, tampoco hay cómo transportarnos a la Luna, pues no hay escalera ni naves. A partir de esa terrible decisión disminuyó el trajinar y el nutrido flujo de personas que iban y venían a la Luna; se cayó la economía mundial, que dependía en gran parte de esa obra, las remesas se redujeron a un mínimo histórico y la bonanza desapareció. En aquellos días se anunció con pompa y platillo la construcción de otra escalera igual, pero de mejor calidad, más funcional y, por supuesto, blindada contra la corrupción y que sería manejada directamente por la Transmutación Perrona. Sin embargo, fue una llamarada de petate, otra promesa incumplida ante la incertidumbre y desesperación de la clase trabajadora que dependía económicamente de ese corredor turístico. ¿Te imaginas el tamaño de su estupidez? Arrancar de raíz un árbol sano que está dando magníficos frutos para sembrar en su lugar otro árbol nuevo que tardará años en dar sus primeros frutos. Todas las decisiones y órdenes ejecutivas que llevaba a cabo la mandataria parecían no tener pies ni cabeza, pero pasado un tiempo nos dimos cuenta de que cada decisión tenía sus consecuencias electorales y políticas en contra de sus opositores y en beneficio propio. Adicional a su increíble suerte, que siempre la acompañaba, la reina había adquirido una gran visión en lo que se refiere a lo político; quienes la conocieron bien en esta faceta aseguran que se había convertido en un animal político y sólo vivía para eso. Todos sus actos tenían ese tinte; ella parecía no acabar de entender que era una representante de todo el planeta, no una candidata, y que debía gobernar sin distingos para todos; pero en lugar de eso se dedicaba a polarizar e inventar enemigos del pueblo y a pelearse diariamente con quien se le ponía enfrente. A través de sus audiencias públicas, las cuales se difundían por la radio oficial, por televisión y por el megáfono público, la Perrúbela repetía incansablemente que ella era la única que podía salvar a la gente de aquellos enemigos corruptos y traicioneros que sólo los querían perjudicar y quitarles los beneficios con que contaban. Sin una gota de pudor mentía a diario, repitiendo incansablemente sus supuestos logros que nadie podía ver, pero tampoco se atrevían a desmentirla. Denostaba por igual a los dirigentes de otros partidos, a las agrupaciones interplanetarias, a los medios de comunicación, a los empresarios ricos, a la clase media, a la clase alta, a los sindicatos extraterrestres y a los profesionistas. Convertido su podio en un patíbulo, la reina inventaba delitos y ordenaba investigar sin elementos punibles a quienes su rencoroso y vengativo corazón elegía. A todos los políticos de otros bandos que manifestaban su intención de ser candidatos a algún cargo popular les fabricaba delitos y terminaban en la cárcel, mientras que los integrantes del PAL tenían todos los espaldarazos y patrocinios habidos y por haber de parte del gobierno mundial; así iba allanando el camino para eternizarse en el poder junto con su gabilla de tunantes. Aunque difícil de creer, ella tenía mucha gente que la apoyaba; y es que sabía bien a quién dirigir sus elogios y a través de qué medios. También engañaba descaradamente a los millones de pobres que por diversas circunstancias no tuvieron la oportunidad de estudiar y de progresar; sabía que ahí estaba el filón. Desde su funesta llegada al poder, la reina empezó a aumentar considerablemente el número de pobres y de analfabetas como resultado de sus equivocadas políticas públicas, eso benefició sus planes, ya que lo que ella ocupaba era pobres; así que ella feliz. Otra estrategia que le dio popularidad y fuerza fue dotar de radio a las localidades más necesitadas, siendo éste el único medio de comunicación al que tenían acceso; aunque claro que la radio oficial sólo difundía buenas noticias del régimen, nunca la realidad. El poder de la Perrúbela se incrementó exponencialmente, aunque impulsado por la ignominia y el abuso contra la pobre gente que no tenía más remedio que apoyarla; en caso contrario, su destino hubiese sido morirse de hambre. Así que ella seguía contando con la popularidad necesaria para seguir manteniéndose en el poder; aunque algunos la apoyaban por miedo, otros muchos lo hacían por necesidad, por necedad o para seguir mamando del presupuesto gubernamental. Mientras tanto, la Tierra había quedado aislada del resto del Universo, registrando un retroceso de siglos en su crecimiento económico y desarrollo. Las riquezas naturales de nuestro planeta ya no se explotaban ni se difundían, las actividades primarias sufrían un abandono nunca antes visto, sin soporte alguno, y seguían cayendo las exportaciones; la economía y la inversión pública no eran las mejores. Los problemas se multiplicaban: la salud estaba por los suelos, el aire se tornó viciado y la capa de ozono engrosaba más y más, hasta parecía que le habían dado machihui con salvado. El destino del globo no era muy halagüeño. Las ideas estúpidas y retrógradas de la mandataria seguían minando la ya de por sí endeble salud de ese anacrónico sistema que se resistía a sucumbir porque, a pesar de todo, la gente de bien aún tenía fe en los milagros y en las instituciones constitucionales que sobrevivían aquella demolición que comandaba la incompetente reina. La Tierra es tan rica y tan fuerte que ni esta terrible tragedia logró destruirla en su totalidad, pero poco le faltó. Cuando te digo que la burra es parda es porque tengo los pelos en la mano, y si te digo que la perra es un animal político es porque tengo los pelos en la mano… Bueno, no los tengo, pero sí tengo mis razones válidas y en aquella ocasión quedó demostrado plenamente. El Consejo de la junta de los 13 planetas ordenó una auditoría al gobierno de la Tierra y exigió a la Perrúbela que arreglara de una vez por todas los problemas denunciados; ya tenía años aquel desgobierno cuando eso sucedió. Y es que las principales mediciones de diversas encuestadoras interestelares no dejaban lugar a dudas. En una lista interplanetaria en la cual se incluían todas las regiones más importantes de los 13 planetas, en una información desagregada por regiones y países, el país que figuraba en los primeros lugares por su corrupción, inseguridad y por sus violaciones a los derechos humanos, era, ¿quién crees? México. Ahí fue cuando entendí por qué la hiena le puso tanto énfasis al artículo 22 de la constitución mundial, su apuro de cambiar la geografía del planeta y la eliminación de los países, dejando sólo dos. Adicionalmente en un transitorio quedó especificado que la reina de la Tierra podría cambiar el nombre a los países del planeta a través de un simple decreto. ¿Quién se iba a imaginar que la decisión de incluir este transitorio también tenía su porqué? Parecía que la perra tenía también el poder de las pitonisas. Después, con una simple orden ejecutiva, a Japón le cambió el nombre y le puso México y a México le puso Japón; eso demuestra que la hiena es un animal político que sabe de amarres y de embrujos. Te lo explico con naranjas, amigo: el magistral de los 13 planetas pidió un informe detallado de la situación que privaba en México, pues estaba catalogado como el país peor evaluado de toda la galaxia. La reina entonces ordenó elaborar un informe de México, pero me imagino que ya vas entendiendo de dónde se sacarían los datos para ese análisis. ¡Exacto! Sería realmente un estudio de Japón, el cual ahora se llamaba México. Por supuesto que el informe no tendría tacha y saldría perfecto, con indicadores inmejorables, logros y crecimiento en todas las áreas, ingentes ingresos por exportaciones de aparatos electrónicos, un estado de derecho casi perfecto y bajísimos casos de corrupción y violencia. No sé cómo la perra supo o presintió que esta situación eventualmente se presentaría, y qué mejor que el Japón para hacerlo pasar por México, pues ese país ha crecido exponencialmente y se ha desarrollado en todos los aspectos de forma rápida y sorprendente. Posteriormente, y sin una gota de remordimientos, la reina enviaría el reporte al Consejo de la junta y al magistral Perruno y su gabinete, quienes se tragarían todo el cuento sin sospechar nada. Y es que en ese tiempo el verdadero Japón era uno de los países más seguros y, por lo tanto, menos violentos; era muy atractivo para los inversionistas, pues nadie se robaba una bicicleta, se distinguía por su gran crecimiento económico, su asombrosa tecnología, sus universidades, su comercio internacional creciente, su gente muy trabajadora y honesta y un sistema de salud más funcional y moderno que en varios planetas. Las relaciones de Japón con todos los premiers de las colonias eran excelentes y, a pesar del mal gobierno mundial que padecíamos, esa nación seguía creciendo, significando una bocanada de aire fresco y puro para el resto de la Tierra, que se debatía entre la miseria y el horror ante la desgracia terrorífica de eso que llamaban la Transmutación Perrona. Me consolaba saber que la perra se encontraba a miles de kilómetros, donde su virulenta presencia no alcanzaba a corromper a la sociedad y al empresariado de Japón. Me ayudaba mucho el hecho de que la mandataria escogió a México para vivir y tener ahí su cuartel general, entonces no se metía mucho con mi gobierno, pues no le gustaba viajar ni trabajar. Por lo tanto, yo tenía plena libertad para implementar políticas públicas favorables a la sociedad nipona y seguir fortaleciendo las relaciones con las grandes corporaciones, las cuales confiaban en Japón porque les habíamos otorgado garantías, seguridad jurídica y apoyos fiscales para las nuevas empresas que estaban estableciendo. En aquel tiempo éramos ejemplo a seguir en el buen manejo de la política y la economía, reflejándose los resultados en el constante crecimiento, en la justicia social y en la paz que privaba siempre en todos los rincones del país para beneplácito de la gente que vivía y trabajaba con plena confianza en su gobierno local. Mientras tanto, en México veíamos con mucha impotencia que la situación seguía de mal en peor. Se sabía de asesinatos a diario, tiroteos, asaltos y robos, mientras que la pobreza se había enseñoreado de toda la región ante la insensibilidad de la reina, que parecía vivir dentro de una burbuja o en un lugar de ensueño. Como lo dijo Sotomayor: "Somos una isla que ha quedado en el retrete". El éxodo de migrantes hacia las colonias de Japón se multiplicaba, principalmente a las regiones que antes eran Asia y Europa; el país se estaba quedando solo y las pocas inversiones que había, migraron a otros planetas. Y pensar que todavía había un gran número de personas que consideraban a la hiena una santa y la defendían con su vida; hasta la querían canonizar.

9

TEQUITO SOBRE LOS HIJOS

—Lo de la posible canonización de la Perrúbela no es broma.
En las redes se habían viralizado algunos videos donde se
decía que grupos de la sociedad manifestaron la idea de
llevar a cabo los procedimientos para postularla e iniciar su
beatificación. Se habían filtrado noticias sobre la vida de celi-
bato de la reina y el hecho de que tuvo tres hijos sin contar
con una pareja y sin tener relaciones sexuales, lo que muchos
consideraban un milagro del Espíritu Santo, o tres. La perra
dejaba correr los rumores: no los negaba ni los afirmaba,
aprovechando el raite. Para ella todo lo que oliera a popularidad, y que pudiera incrementar su aprobación, era bien
recibido. A mí me llegó información confiable de muy buenas
fuentes sobre el asunto; la realidad es que la reina llegó a este
planeta con una gravidez progresiva, situación que es endé-
mica del planeta Aurita, donde ella supuestamente estaba
casada con un tal… No recuerdo el nombre, pero le decían
Mosquito. La gravidez progresiva consiste en que el ente, al

igual que en la Tierra, se preña a través del concúbito carnal, pero en estas razas la preñez permanece en vida latente durante muchos años y un detonante puede presentarse por una sorpresa, un coraje, un esfuerzo, entre otros, lo que acelera el procedimiento y provoca el parto. Esta acción se puede repetir posteriormente hasta en media docena de ocasiones en algunos casos. Por eso la Perrúbela tuvo tres hijos en diversas épocas. Pero no nos vamos a meter en muchos detalles, sólo te diré en sencillas palabras que la Perrúbela llegó en gestación a este planeta y posteriormente, al madurar su preñez, tuvo sus tres hijos en diversos años. Todos sabemos lo que pasó después: a medida que sus hijos fueron creciendo y considerándose aptos para valerse por sí mismos, se marcharon, avergonzados de su madre. No les importó el dinero, el poder de la mandataria ni la vida de holganza que ella podría ofrecerles. Quizá lo que ellos añoraban era un poco de cariño de su madre. Aquí surgen muchas dudas, mi amigo; ¿debemos darle todo a los hijos? ¿Es bueno solventar todas sus necesidades y justificar todas sus fallas sin hacer nada por corregirlos o tratar de cambiar su actitud ante la vida? Si bien es cierto que para ser padre no se estudia, también es cierto que debemos seguir una lógica, cuyo objetivo debería ser la independencia de los hijos; esto después de una considerable convivencia y una buena educación por parte de los padres. Si un hijo tuyo comete un delito con consecuencias graves y dañando a terceros, ¿debes protegerlo de las autoridades o entregarlo a ellas para que lo sancionen y castiguen? Sin duda es muy difícil y compleja la respuesta. Sería necesario estar en los zapatos de quienes en este momento están experimentando tal situación para saber con certeza qué sentimientos e ideas controvertidas pasan por su mente. Hace algunos años, cuando aquí todavía éramos México, me tocó conocer a un buen amigo, Merce Astorga. Cuando empezaron a repartirse las tierras de cultivo se invitaba a las personas a que vinieran a colonizar el territorio sur y a cambio se les regalaban decenas de hectáreas de tierra de muy buena calidad. En aquel tiempo, mi amigo, recién llegado a estas latitudes, empezó trabajando en las labores más arduas del campo, primero como obrero agrícola y después como operador de maquinaria agrícola y pesada. Era muy trabajador y optimista y eso, como comúnmente sucede, rindió sus frutos; además de lo que le donó el gobierno, compró 50 hectáreas de tierra de temporal, donde criaba borregos, alpacas, avestruces y algunas pocas vacas y gallos de pelea. Me contaban sus trabajadores que al principio llevaba agua al rancho en un tambor de 200 litros que encaramaba en una foringona toda destartalada, con las llantas tan lisas que había que andarla cuidando de los zancudos; la usaba para alimentar al ganado y regar unas plantitas de naranjas y limones que sembró y para todas las demás necesidades del predio. A base de muchos esfuerzos y sacrificios fue haciéndose de más tierras, hasta que armó un rancho de 100 hectáreas (dinero llama dinero) y más delante se hizo de otros dos ranchos. Para no hacerte el cuento largo, mi amigo ya era dueño de tres ranchos de 100 hectáreas cada uno. Era todo un potentado. Llegó el día en que mi amigo vio sus ranchos totalmente equipados con maquinaria, camiones de carga y vehículos para el traslado del personal al campo, sistemas de riego por aspersión, trilladoras, camionetas, remolques y cuatrimotos. Mi amigo tenía tres hijos (una vergüenza para los *baby boomers*) y los tres eran unos mantenidos y mediocres; nunca aprendieron a hacer nada y siempre andaban juntos. Ellos no podían estar el uno sin los otros o los otros sin el uno. Como a don Merce le estaba yendo muy bien, mandó a sus hijos a estudiar al Tecnológico. Los tres se matricularon en la misma carrera y sacaban las mismas notas; ninguno se tituló y todos le echaron la culpa a los malos maestros que los "bulleaban" todos los días sin razones ni motivos, casualmente sólo a ellos. Pasó el tiempo y cuando mi amigo ya no pudo navegar los predios con motivo de sus achaques y principalmente a causa de su avanzada edad, heredó en vida un rancho a cada uno de sus hijos, quienes no sabían nada del trabajo y menos del de campo, el cual consideraban que no era de su categoría. Al sentirse dueños y señores de los preciosos ranchos, los flamantes agricultores desdeñaron a los viejos amigos pobres; ya eran ricos y no se iban a rebajar a juntarse con el mecánico, con el tapicero, con el troquero o con el herrero. Se les subió machín rin. Quienes aspiraran ahora a ser sus amigos tenían que ser de otro nivel, de la *high society*: diputados, senadores migrantes, dirigentes de sedes de comarcas, corredores de bolsa, gobernadores, presidentes municipales, directores de empresas, médicos, profesionistas, agricultores exitosos, artistas, poetas laureados; es decir, pura cajeta. Los tres hijos se sintieron la mamá de Tarzán; querían vivir como reyes, cero chusmas. Parecía que habían leído *El Mahabharata*, pero no, quizás fue casualidad su parecido con el rey de esa historia, pues nunca supe que les gustara leer. La cuestión es que no se querían revolver con el vulgo. La soberbia los había dominado, se marearon de poder y despreciaron a sus excompañeros de escuela, a sus trabajadores e incluso a sus familiares más cercanos; se dedicaron, con sus amigos ricos, a lo único que sabían hacer: gastar el dinero ganado fácilmente mientras una veintena de empleados los atendía a cuerpos de reyes y otra veintena de lambiscones los adulaba con el único objetivo de comer y beber de gorra. Los tres hijos se convirtieron en la comidilla de todo el Sur, pues frecuentemente se ponían unas guarapetas de pronóstico reservado; se fueron acabando los becerros en barbacoas y en birrias; jalaban a las bandas y a los grupos más importantes de la región; drogas no consumían, sólo pisto, hasta eso que no eran muy viciosos, pero muy zonzos, sí. Desde el día en que empezaron a hacerse cargo de los bienes heredados y hasta la fecha en que quebraron sólo pasaron dos años. ¡Dos años! ¡No manches! Manejaban todo con las patas, así como la madama. Bueno, no eran tan tontos ni tan feos. Lo que digo es que manejaban todo a control remoto desde sus viajes de placer y de negocios (*business* decían ellos para apantallar, pero era la única palabra que sabían en inglés); eran sus trabajadores los que determinaban las acciones a seguir en los centros de trabajo y producción. Así pasó el tiempo y todo lo que tenía que pasar; no estaba el ojo del amo para que engordara el caballo. Todos los empleados fueron renunciando y yéndose a laborar a otros ranchos aledaños donde sí los trataban bien y también les pagaban mejor y a tiempo; lo más importante: recuperaron su autoestima y su fe perdida. Los exagricultores se convirtieron en una caricatura de lo que fuera su padre. La última noticia que tuve de ellos fue que viven en casas ruinosas, embargadas, destruidas, esperando que el banco se conduela de ellos y no se las quite. En muy raras ocasiones comen tres veces al día, a todo mundo le piden prestado y ocupan un lugar privilegiado en el buró de crédito. Los tres hijos se siguen dando un paquetón, pues se visten elegantes a pesar de sus carencias; conservan ropa buena y corbatas de los tiempos de las vacas gordas, pero la verdad es que ya no tienen ni en qué caerse muertos, sólo un orgullo tonto y muchas deudas por pagar. Yo pienso que el error de mi amigo fue regalarles todo sin tener el cuidado y la precaución de enseñarles primero a trabajar, a ganarse la vida por sí solos. Para valorar las cosas hay que batallarle, hay que sufrirle, pero comprendo que ser padre es uno de los compromisos y tareas más difíciles que nos toca enfrentar; nos toca aprender con los mismos golpes que sin previo aviso nos va dando la propia existencia. En el Japón hay un dicho muy popular que reza: *"Tada yori takai mono wa nai"*. Esto significa: "Nada es más caro que algo que se da gratis". Por eso hay que asegurarnos de que nuestros hijos desde muy temprana edad aprendan a trabajar y a ser responsables y productivos, sólo así asimilarán que hay que luchar y sufrir para merecer lo que tenemos; que aprendan a ser autosuficientes y que produzcan no sólo para ellos, sino también para los demás. Es bien sabido que si cada soldado hace su trabajo religiosamente, aun así, el reino termina por hundirse. Y es que no es suficiente que cada quien haga lo que le corresponde para sobrevivir; es menester cuidar de nosotros mismos, pero también de los demás. Hay que trabajar para nosotros y para el prójimo; esa es la única forma de generar la sinergia que nos llevará al éxito y nos sacará de esta situación tan grave que padecemos. ¡Hay que llevarse a los niños a las ferreterías, a las parcelas, a los campos, a los corrales, a las viñas, a la pesca, a la brega! Que no se queden jugando en las redes, asesinando el tiempo o quemando la casa. Que le pierdan el miedo al trabajo; que se les vaya haciendo costumbre verlo, hacerlo, sentirlo y disfrutarlo. Sobre todo, a los padres mucho ojo con esto, debemos predicar con el ejemplo, esto es, no decir una cosa y hacer otra. Como tú sabes, el ejemplo genera una réplica de nuestros hechos y dichos; la gente es muy fácil de sugestionar y lo podemos comprobar recordando un poco la *teoría de las ventanas rotas*. Esto quedó demostrado en los noventa, cuando Rudolph Giuliani era el alcalde de Nueva York; entonces se comprobó que la mayoría de las personas hacemos lo que vemos, independientemente de si es bueno o malo. El experimento es usado hasta la fecha por el departamento de criminología de los Estados Unidos y consiste en dejar un auto abandonado en una calle de una ciudad tranquila; pasarán días y semanas y el vehículo permanecerá intacto, pero si quieres que el auto sea vandalizado, quiébrale una ventanilla, eso no falla. Lo mismo aplica en el caso de una casa o negocio: si los vándalos se dan cuenta de que el inmueble tiene una o varias ventanas quebradas, entonces ingresarán inmediatamente, quebrarán el resto de las ventanas, se robarán lo que esté dentro y hasta fuego le prenderán. Esto lo vemos en muchas de nuestras actividades diarias. Cuando vemos una acera llena de basura, ¿qué hacemos? También tiraremos basura en ese lugar. Es una reacción bastante normal. Por eso la importancia de dar un buen ejemplo. Si los niños te ven trabajar alegremente, ellos harán lo mismo y se les desarrollará un hábito virtuoso; por el contrario, si nosotros como padres, o como gobernantes, mentimos, robamos y traicionamos, los niños querrán hacer lo mismo, ni más ni menos. Muchas veces como padres de familia cometemos el error de forzar a nuestros hijos a ser lo que no desean ser. Imagínate nomás: el padre de Miguel Ángel Buonattoti quería que su pequeño hijo fuera comerciante, pero el hijo, desafiándolo, luchó por ser escultor. ¿Pero cuántos, tal vez miles, no han tenido el valor de Miguel Ángel y se han muerto con todo su potencial dormido y desperdiciado? ¿Te has preguntado por qué se tiene un hijo? Desde luego no se puede pensar en traer a un ser humano al mundo nada más para engordarlo como ganado. Es a través de nuestra descendencia que contribuimos a la evolución y a la conservación de todo lo que existe. Ahí queda la reflexión, amigo, analizando estos dos casos en los cuales se les dio un trato muy diferente a los hijos. La reina trató a los suyos con la punta del pie (de la pata, más bien) y mi amigo les dio todo y al final lo dejaron morir solo. En ambos casos se les dieron cosas materiales y no sirvió de nada. Pon mucha atención al mensaje. Y es que la meta es infinitamente alta: formar seres humanos que estén por encima de todo lo material, del caos, de la entropía; cultivar en ellos los ideales indispensables para lograr construir una sociedad superior, seres que no se limiten nada más a criticar, sino que marquen senderos, que construyan caminos, que encaucen ideales y sean ejemplos para otros. Esto es, hombres y mujeres que al recibir un encargo, un compromiso, una encomienda, se avoquen a cuantificar, valorar y a reparar los daños y no a criticar o a buscar culpables para evadir su responsabilidad. A mí me tocó conocer muy bien a los tres hijos de la mandataria e incluso convivir con ellos y trabajar con ellos; bueno, con el del medio no. A su hijo más grande, cuyo nombre es "No podía estar más guapo" y le apodan Enepegeito, para abreviar, lo puso a cargo de la supervisión de los derechos humanos. El nepotismo no podía faltar entre los múltiples defectos de la reina. Desde una lujosa oficina y a control remoto, Enepegeito manejaría la logística y recomendaciones con relación a los asuntos relativos a su encargo que se fuesen presentando. Asimismo, viajaría por toda la Tierra, detectando abusos del ejército contra la población humana, animales y alienígenos y llevaría a cabo las estrategias de prevención a través de medidas cautelares en pro de la no repetición de los abusos de autoridad y todo tipo de arbitrariedades y tropelías. Otra de sus atribuciones sería capacitar a las víctimas, construir normatividad y crear una lista de conductas que pudiesen significar una violación a los derechos generales para que las posibles víctimas pudiesen detectar cuando fueren objeto de un posible abuso u hostigamiento sexual o laboral. Enepegeito también gestionaría los recursos para los albergues y refugios, que debían estar en óptimas condiciones para brindar un servicio de calidad. Sin embargo, aunque todo se oía muy bonito, se dice que todo fue un fracaso, pues en contraparte a lo que se manejaba en la publicidad gubernamental, se filtraron investigaciones y reportajes que aseguraban que en nombre de la austeridad terrestre, los refugios y albergues fueron clausurados junto con los fideicomisos que por años estuvieron destinados a estas áreas tan sensibles. Enepegeito contaba, o cuenta, con las tres íes: es un inútil, inepto e irresponsable, al igual que su madre. En poco tiempo él acabó con la estructura que garantizaba el mantenimiento y el sostén de esos centros de apoyo para los entes vulnerables y en riesgo, que ahora deambulan a la deriva y sin esperanza. Para cumplir con sus obligaciones y poder trasladarse por toda la Tierra, incluso a otros planetas, Enepegeito utilizaría las naves espaciales de la NASA, que tenían aforo para pasaje y carga. Ahora la NASA ya no existe; la perra y su hijo la cerraron porque, según ellos, ya no era rentable y argumentaron también que las naves generaban bastante contaminación. La flotilla de naves modernas y veloces, orgullo de los anteriores gobiernos de los Estados Unidos, se redujo a un deshuesadero, a un vil y sucio tianguis donde se ofertan refacciones y accesorios usados a precios bajos. Hace años que no se ha vuelto a ver a Enepegeito por la Tierra ni se tienen noticias de su paradero; sin embargo, hace poco, cuando todavía estaba la reina, supe que él seguía apareciendo en la nómina de funcionarios de alta dirección del ministerio terrestre con un súper sueldo. Un buen amigo, quien viajaba y viaja por diversos planetas comerciando con animales y plantas exóticas, me contó en una ocasión que el hijo mayor de la perra vivía en un anillo de Saturno, rodeado por los más extravagantes lujos que te puedas imaginar y que manejaba modernos vehículos voladores, drones en forma de aviones y tenía servidumbre robótica. Quién sabe cuántos más aviadores habría en ese desgobierno de quinta; así ningún dinero alcanzaba. A otro de sus hijos, llamado Le Perri, la mandataria lo designó como rey sustituto de la Tierra casi al nacer. Apenas tenía unos meses cuando ella lo dejó como encargado del gobierno de todo el planeta. Al quedar un pequeño cachorrito como mandatario, los integrantes del gabinete del reino se vieron en la necesidad de aprender a interpretar los deseos, señas y gestos del pequeño rey Le Perri, ya que todavía ni hablaba cuando le dieron semejante responsabilidad por órdenes de su irresponsable y vanidosa progenitora, quien viajó al planeta Troncoso para practicarse una cirugía estética. Los funcionarios más doctos del gabinete se dieron a la tarea de elaborar un glosario de palabras, gestos y berrinches del pequeño para estar en condiciones de poder descifrar lo que el bebé trataba de manifestar:

—¡Da, da, gu, gu!

—Sí, patrón, como usted diga.

—¡Ga, ga! ¡Lady Gaga!

—¿Estás seguro, reyesín? ¿No será muy arriesgado?

—Ni ma…

—Bueno, hundiremos el barco.

—Popó.

—No, *little* rey, su mamá no vendrá luego.

—¡Ñaaaa, ñaaaa!

—Problemas en Texas otra vez.

—Zeus.

—Sí, parece que va a llover. Hay que meter la ropa, no se vaya a mojar, e instruir a los agricultores para que inicien los trabajos y aprovechen el temporal.

—¡Kaka!

—No magestadito, su mamá no está.

—¡Moco!

—¡Que su mamá anda de viaje! Qué niño tan terco.

—¡Biogás! Bibi.

—Así es, nada de invertir en petróleo; todo en energías limpias. Hay que cuidar el medio ambiente y la ecología. Estamos con usted, reyesín Le Perri. ¿Alguna otra cosa, pequeñín?

—¡*Go away*!

—Muy bien. ¡Hasta mañana!

—Como por arte de magia las cosas se empezaron a enderezar, por todos lados se miraba y se sentía la bonanza, el progreso, la paz, la felicidad. Se crearon muchos empleos, los combustibles bajaron de precio y el jornal subió. Hasta las aves cantaban más bonito. Al ver todos esos signos de mejoría, la gente empezó a tenerle fe a Le Perri y a olvidar a la Perrúbela; se recuperó la confianza en el gobierno mundial y los grandes empresarios volvieron a invertir fuertemente en la Tierra. Al no estar presente el estorbo que antes bloqueaba el desarrollo con sus ideas retrógradas, la ciencia, el arte, la economía y la educación tuvieron un repunte significativo, ya que la gente era la que decidía qué hacer en la Tierra a través de su representante. La democracia se consolidaba a pasos gigantescos y aquella añoranza, que antes se veía muy lejana, parecía ya una realidad. Los funcionarios llevaban a cabo importantes obras en beneficio de todos, escudados y fortalecidos en la premisa de que Le Perri era el que daba las órdenes y había que obedecer al monarca. Lo único que empañaba aquella época de progreso y bienestar era la certeza latente de que la Perrúbela eventualmente regresaría por sus fueros, entonces la amenaza del comunismo y el fascismo ensombrecería nuevamente los cielos límpidos del planeta. En esos días, y a muchos años luz de la Tierra, en el planeta Troncoso, la Perrúbela estaba llegando a su hospital preferido con la idea de hacerse una cirugía en la cara; quería lucir más linda, más interesante, más perrona. Aunque en sus audiencias públicas repetía hasta el cansancio que era la más bella creación del Universo, la verdad era que por dentro no estaba satisfecha con su físico, pero nomás con su cara y con su cuerpo. Desde mucho tiempo atrás sufría a causa de su fealdad; incluso cuando sorpresivamente se miraba en un espejo se asustaba y gritaba. Eso le molestaba. La mandataria tuvo muchos días de nerviosismo y ansiedad por ello, hasta que decidió que una reconstrucción facial la tranquilizaría. Recursos para medicinas y transportes no había, pero para cirugías estéticas y tratamientos de belleza sobraba el dinero; aunque una cirugía y un tratamiento obvio que no sería suficiente, lo que la perra ocupaba era un milagro:

—¡Nurse! Necesito una operación y una cirugía —demandó la Perrúbela.

—Yo también quiero aumentarme el busto. ¿Y qué? —respondió una enfermera.

—Yo no quiero aumentarme el busto, igualada. Ya soy bastante atractiva y lo que sigue, nomás quiero verme más bonita. Llama a los cirujanos y a los anestesiólogos; rápido, tonta. Soy cliente premier.

—Tienes que hacer cola, perra.

—¿Me retas? ¿Sabes quién soy?

—¿Una clienta que viene a reclamar porque le dejaron su cara muy fea? Ja, ja, ja, ja.

—Voy a hacer que te corran, maldita. ¿Me conoces?

—¿Quién no conoce a la peor mandataria de los 13 planetas, la más tonta, la más incompetente? Todos los días sales en las redes.

—¿Salgo bonita?

—¡Claro que no! La perra, aunque se vista de seda, perra se queda, ja, ja, ja.

—Mira, estúpida, te voy a dar la oportunidad de que te retrates; quizá tenga un poco de compasión de ti y no haga que te corran. Ordena que preparen el quirófano VIP o sabrás de lo que soy capaz.

—Se dice retractar, tonta.

—¿Y yo qué dije?

—Retratar.

—¿Y cómo se dice?

—Retractar.

—¿Y yo qué? ¡Ouch!

—La frase de la reina fue interrumpida abruptamente por un tremendo golpe en la nuca que la dejó inconsciente; se trataba de la anestesia que le habían aplicado sin previo aviso:

un marrazo en la chompa propinado por un fornido eunuco que salió de detrás del biombo. El golpe produjo el sonido de una calabaza hueca al quebrarse. Obvio que la arpía estuvo inconsciente y privada de la razón desde siempre, pero en esta ocasión me refiero a que la privaron del sentido, del movimiento, de la capacidad de darse cuenta de lo que la rodeaba. Tú me entiendes, Campítor; no eres tonto. Pasó el tiempo y cuando al fin despertó, la reina se dio cuenta de que tenía el busto mucho más grande, pero la misma cara fea de siempre, por lo cual estalló en furia:

—¡*Nurse*! ¿Qué me hicieron, estúpida? —exclamó la Perrúbela.

—Te puse dos números más grandes a tus bubis —aclaró la enfermera.

—¡Lo que me ibas a operar era la cara, idiota! ¿Dónde está el doitor?

—Salió a almorzar, no tenía nada importante en el hospital y se fue a relajar.

—¡Háblale! Necesito correcciones y acomodos. Yo soy la clienta más importante, mensa.

—Ya sé que tú eres la más importante mensa, ja, ja, ja.

—¡Te digo que ocupo al cirujista! Maldita.

—No hay cirujista, maldita, nomás hay un cirujano.

—Que se apersone ya.

—No vino. No nos hablamos porque le fui infiel. No vuelve hoy ni mañana, pero yo puedo corregirte en su lugar. Hice un curso intensivo en línea.

—¿Sabes de operaciones?

—No mucho, pero he visto cientos de cirugías en la tele. Además, pasé con seis el curso.

—Bueno, opérame. Pero ay de ti si no me dejas linda.

—La *nurse* guiñó el ojo hacia la cortinilla, donde estaba oculto el eunuco anestesista; éste tomó el marro y golpeó con fuerza la cabeza de la Perrúbela. La pobre cayó como fulminada por un rayo. Cuando despertó de nueva cuenta, se levantó toda tembeleque; su contrariedad fue más grande y evidente al verse al espejo:

—¡*Nurseeee*! ¡Ven inmediatamente, mentecata! —exigió la reina.

—A la orden, madama —replicó la enfermera.

—¿Qué me hiciste, perra? Tengo cara de dinosaurio y ya no tengo bubis.

—Estabas más fea antes; mejoraste. Deberías agradecerme en lugar de estar de chillona.

—Quiero mi cara linda de antes e inmediatamente, maldita. Si no me arreglas, te mato y te como; llama a los cirujanos, pero itsofacta.

—Ya te dije que nomás hay uno habilitado y que no está. ¿Eres sorda o qué?

—¡Opérame tú! Sé que no tienes estudios, pero también se nota que tienes buen pulso. Además, operar no creo que requiera de mucha ciencia.

—Es que yo no soy cirujana, apenas estoy en la primaria; me falta nomás aprender.

—Dijistes que estudiaste un curso.

—Sí, pero fue de motores de combustión interna.

—Me dijistes que sabías de operaciones.

—Sí sé de todas las operaciones básicas: la suma, la resta, la multiplicación y la división, pero cuentas fáciles.

—Dos por una, dos; dos por dos, cuatro; dos por cuatro, más de cuatro; dos por cuatro, 24; dos por...

—¡Quítame esta cara o te mato, maldita! No creo que sea muy difícil pa ti. Si sabes sumar, ¿qué más ocupas?

—Pero mi trabajo aquí es barrer y trapiar. Bueno, también la hago de *office boy*; no soy cualquier pelagatos.

—La misma Perrúbela, con cara de dinosaurio rex, le entregó el marro al eunuco mientras le guiñaba un ojo y dirigiéndose a la *nurse* le dijo, autoritaria y decidida a todo: "¡Haz tu trabajo, perra!". En esta ocasión el eunuco le tuvo que dar tres marrazos muy fuertes en la cabeza para poder noquearla. La Perrúbela se estaba haciendo inmune a las anestesias sorpresivas, como suele suceder con las personas y los animales adictos a las cirugías. La reina despertó somnolienta y tardó un poco más para recuperarse, luego se vio al espejo y notó que tenía la misma cara de antes, pero otra vez reclamó:

—¿Qué hicistes, estúpida? Me pusistes la mesma cara que no quero. ¡Ahora sí te mato! —proclamó la mandataria.

—No es un espejo lo que estás viendo, tonta. Soy yo, la *nurse*; me puse tu cara y tu busto. A ti te puse otra cara; a ver si ahora sí quedas complacida. Eres bien difícil, nada te embona. Aquí tienes el espejo —esclareció la enfermera.

—Pero... ¿El Santo? ¿Me pusiste la cara del Santo, el enmascarado de plata? Maldita desgraciada, ahora sí te hago picadillo.

—¡Espera, perra! Es una máscara del Santo; te la puedes quitar y tienes otra cara debajo de la máscara. No soy tan tonta como tú, por lo que tuve una magnífica idea que no puedes despreciar.

—Pero… ¿El Gallo Claudio? Yo no quería la cara del Gallo Claudio, maldita bruja. ¡Devuélveme mi cara, perra, pero ya! Pero ya, digo.

—También es máscara, tonta, je, je. Quítate la máscara del Gallo Claudio y aparecerá la de Bob Esponja, y otra cara, y otra, y otra, y así indefinidamente hasta que te guste alguna. Me siento orgullosa; fue una cirugía progresiva que inventé hoy, je, je. ¡Felicítame, amiga! Lo merezco. Tienes infinidad de posibilidades.

—La Perrúbela fue quitándose las máscaras y siguieron apareciendo diversas caras, pero ninguna de ellas le gustaba; siguió enfureciéndose a niveles peligrosos y antes de que llegara el agua al río, la *nurse*, que era muy precavida, tuvo que tomar la decisión de apagar la olla de presión antes de que explotara. La enfermera le hizo una seña al eunuco y éste tomó un marro, la *nurse* tomó otro marro y golpearon entre los dos, otra vez, la maltrecha cabeza de la bruja. Esa vez le tuvieron que dar muchos golpes para dormirla, ya que la perra había creado tolerancia; ya no había lugar en su cabeza donde no tuviera chichones, cortadas y sangre. Toda ella era una masa sanguinolenta. La inmunidad de la paciente a la anestesia se incrementó exponencialmente, pero al fin quedó desmayada, o quizás muerta, invadida de un comatoso sopor. La sangre invadía todo, por lo que usaron una manguera de presión para quitarla y posteriormente lavarle las heridas con té de cuachalalate y creolina. A diferencia de las ocasiones anteriores, la perra tardó mucho más en despertar, incluso no se recuperó de inmediato; decía incoherencias y tenía la mirada perdida. Cuando al fin recobró algo de lucidez, la Perrúbela miró su rostro otra vez en el espejo y gritó:

—¿Otra vez me pusistes mi cara? ¡Ora sí! ¡Te dije que ya no quería mi faz! Ahora sí tocastes fondo.

—Bueno, sí es tu cara, pero hay una sorpresa para ti. No te estás viendo en un espejo, perra; soy yo, la *nurse*. Las dos tenemos la misma cara, me estás viendo a mí, no hay *mirror*, je, je —denotó la *nurse*.

—¿Qué? ¿Cómo? Pero… bueno.

—A grandes problemas, pues grandes soluciones. La penúltima operación que le hizo la *nurse* a la perra fue irreversible, por lo cual la única manera que encontró de devolverle su cara fue haciendo una clonación completa, esto es, un clon de la perra fusionado con la enfermera misma. Dicen que todo fue por un error en los cálculos y por el intercambio de fluidos, que lo hizo por casualidad, como el burro que tocó la flauta. Claro que la *nurse* no lo iba a reconocer, así que mejor mintió, tratando de no enfurecer a la reina aún más y a la vez darse a sí misma un poco de mérito:

—Ahora las dos tenemos la misma cara, amiguis. Somos hermanas, gemelas, *twins*. ¿No te da gusto? Tienes una hermanastra igual de bonita que tú —manifestó la enfermera.

—Opérame otra vez. Te voy a pagar —dijo la reina.

—Lo que pasa, hermana querida, es que la última operación es irreversible. Ya no eres candidata para la anestesia sorpresiva.

—¿Estás segura de que es irrer… irrever? ¿Qué dijistes?

—Irreversible. Si te vuelvo a operar te puedes morir o algo peor: puedes quedar daltónica.

—Bueno, así que quede pues, ya qué. Hermana, te quiero; mi hermanita querida. ¡Qué linda eres! Te pareces mucho a mí. Te amo. Ven a mis patas je, je.

—Yo también te amo, hermanita.

—La bestezuela tuvo una gran idea: regresar a la Tierra a gobernar con su hermana gemela. Ahora serían dos Perrúbelas y entre ambas podrían hacer el doble de trabajo, de reformas, de conferencias… de destrucción. Una podía ser la doble de la otra, o la otra podía ser la doble de la una; podrían hacer eventos en diferentes lugares, como si fueran ubicuas, qué gran noticia para el pueblo de la Tierra. El pueblo siempre sale ganando. Pueblo suertudo. ¿Te imaginas, Campítor? Si con una perra estábamos al borde de la extinción, con dos sería el acabose, la hecatombe. Y ahora que la Tierra empezaba a repuntar. ¡Qué desgracia! Dos Perrúbelas en una, pobre Tierra; no sabía lo que le esperaba. O quizá sí, porque ese día precisamente se sintió un gran temblor en varias ciudades importantes. Sí, mi amigo, la Tierra estaba temblando de miedo. La perra estaba muy feliz con su doble; no disimulaba la alegría que le causaba tener una hermana. Quizá era la primera vez que amaba a alguien con sinceridad desde su retorcida alma. La era de la doble reina duró relativamente poco y no alcanzó a hacer más daños irreparables que los normales que hacen las clonadas. Días después de que las hermanas regresaron a la Tierra, y recuperaran el trono, sucedió algo que cambió radicalmente la vida de la tirana. Fue uno de esos días como siempre y las hermanastras andaban muy cariñositas y chipilonas en un parque del Ojito. La reina dijo: "¡Te quiero, Carmina! Siempre quise tener una hermana que se llamara Carmina y ahora la tengo. ¡Qué feliz soy! Dame un abrazo, hermana". Dicen que en el momento en que iban a abrazarse, una de ellas se desintegró en el aire. Empezó a salir una especie de humo apestoso a NH3 de su feo cuerpo y se fue pulverizando ante la mirada atónita de la otra, que observaba impotente el misterioso suceso. Sí, una de las dos se desintegró en el aire y no se sabe hasta la fecha cuál es la finada, pues las dos eran idénticas de cuerpo y alma. Yo supongo que fue Carmina, pero no servía de nada preguntarle a la que quedó viva, pues parecía muerta en vida; a partir de aquel nefasto día, la hermana que sobrevivió siempre andaba cabizbaja, con la cola entre las patas, triste, pálida y sin ilusiones. Así es, ni ella misma sabía, o sabe, cuál de las dos sobrevivió, ya que tanto en lo físico como en lo mental eran totalmente iguales. Lo que sí es un hecho es que la hiena cambió mucho a partir de la desaparición de su hermana, una u otra, pues se volvió más hígados negros, más despiadada, más brutal. Si antes manejaba la Tierra con las dos patas, ahora la manejaba con las cuatro patas, y los actos de barbarie que antes llevaba a cabo de forma culposa e imprudencial, ahora los realizaba con todo el dolo posible. La situación se tornó caótica; empeoraba a pasos agigantados e íbamos en barrena, directo al precipicio y sin esperanza alguna, sin vuelta atrás. Pero no te he contado sobre Alelhí, el hijo del medio de la perra, a quién todos le decían Topacio. La gente decía que era medio rarito porque siempre andaba con otro niño que se llamaba Fernando y que le decían Ramón. La reina aseguraba que primero tuvo al más grande, después al más chico y al final al del medio. De lo que sí nos dábamos cuenta era de que a Topacio no lo quería la Perrúbela, o era al que menos quería; si es que lo quería algo. Incluso siendo mayor que Le Perri, su madre minimizaba a Topacio al extremo, muy a pesar de que este último estaba empapado en la ciencia, el arte y hablaba varios idiomas. Cuando se ofreció designar un rey sustituto, sin pensarlo dos veces, la reina se decidió por Le Perri, quien ni siquiera hablaba ni caminaba todavía. Alelhí creció carente de amor y de una figura maternal; se le miraba deambular triste por los jardines del castillo. Él era muy inteligente y pronto se dio a notar entre los cortesanos, pues aprendió escultura, pintura, idiomas, poesía y también aprendió a comer plátanos con leche. Sus conversaciones eran frías:

—Mami, me sé otra poesía. Yo la compuse.

—Estoy ocupada. Dile a tu padre.

—¿Cuál padre?

—Cuentan que aquel día, a regañadientes, su mala madre lo llevó al Teatro Mier, pues era el debut del cachorro. Aquel concurso de poesía significaba mucho para Alelhí, pues se transmitiría por Facebook e Instagram y miles de personas en todo el planeta estarían conectados; eso le emocionaba sobremanera:

—¿Mami? ¿Estás orgullosa de mí?

—¿Qué?

—¿Vas a aplaudirme?

—¿Yo? Dile a tu padre que él te aplauda.

—¿Cuál padre?

—El pequeño no perdía el optimismo a pesar de que su progenitora lo ignoraba y le mostraba cero empatía; a falta de un padre, Alelhí trataba de encontrar comprensión y cariño en su madre, pero ella jamás lo apoyó en sus aspiraciones literarias. En lugar de mostrar interés por él, la reina aprovechaba cualquier oportunidad para desmotivarlo:

—Voy a recitar mi poema dedicado para ti.

—¿Y quieres que te dé un diploma o qué?

—No, mami. Nomás quiero que te sientas contenta.

—Voy a comer algo.

—Yo sigo, mami. Vas a ser la envidia de todas las mamás. ¡Qué feliz soy de enorgullecerte!

—¿Venderán tortas aquí? Nomás me queda una y necesito refaición.

—A continuación, con el poema: *La Casita*, de la propia inspiración del niño Topacio. ¡Un fuerte aplauso!

—Este poema va dedicada para mi mami que está en la quinta fila; la de la torta —declaró Alelhí.

—¡Cállate! Me avergüenzas —gritó la madama.

—Adelante, Topacio, sin miedo; el escenario es tuyo —comentó un profesor.

—Sí, profe —respondió Alelhí—.

> "Marisol Romo Collado
> tiene una casa bonita.
> Gloria Inés Razo Bayado
> también tiene una casita,
> las dos están muy bonitas;
> están muy bien hechecitas.
> Una está chica y bonita,
> la otra está bona y chiquita...".

—¡Cácaro! ¡Sáquenlo! ¡Fuera! —gritó la Perrúbela.

—¿Qué no es tu hijo?

—Sí, pero tengo hambre. Ya me voy; ahí te lo encargo.

—Pero yo ni lo conozco.

—Media hora después el pequeño seguía declamando con mucho entusiasmo mientras su madre había salido a la calle; ella se fue alejando, buscando alguna fonda y olvidando a su talentoso retoño, quien seguía motivado y creyendo que su mamá lo estaba viendo y que se sentiría orgullosa de él:

"Así que si la perica
se peleó con el perico
que no vaya a la casita,
mucho menos el perico,
tampoco los periquitos,
no caben en la casita.
¿Qué no ven que está chiquita?
Pero está también bonita.
¡Que se vayan los pericos!
¡Que no vuelvan los pericos!
La casa está curiosita,
está muy bien hechecita,
pero no caben pericos
porque está muy chiquitita,
muy chiquititititita,
de al tiro chiquititita".

Topacio al fin terminó su poema, pero ya todos se habían marchado porque estaba lloviendo; la noche estaba muy oscura y ya no pasaban taxis ni pulmonías:

—Soy un gran poeta. ¡Qué silencio! Los dejé mudos de la impresión. ¡Mamá! ¡Mamá! ¿Dónde estás? Se fue, ya no hay nadie en el teatro; me dejó otra vez, siempre me deja olvidado. No me quiere porque soy el del medio, ¡snif!

—Ese día la mala madre ya no regresó por su hijo y jamás lo volvió a buscar. Dicen que Alelhí se quedó tan triste por el rechazo de su madre que se negó a hablar durante semanas, aunque traía saldo, y ya no quiso volver al castillo, quedándose a dormir en el teatro. Posteriormente fue rescatado por un maestro de arte que se había quedado escuchando el poema y que también se dio cuenta de toda la tragedia familiar que el pequeño estaba viviendo. Como el cachorro no hablaba, aunque traía saldo, era imposible saber a dónde llevarlo, por lo cual el *teacher* decidió quedarse con él, cuando menos por unos días, mientras lo reclamaban sus padres. Después se supo, aunque no se hizo muy público, que ese buen samaritano adoptó formalmente a Alelhí y que le empezó a dar clases de pintura, danza y literatura, convirtiéndolo en todo un artista. Es bien sabido que si quieres vivir del arte te mueres de hambre, por lo cual, para costearse su manutención y estudios, aprovechando sus conocimientos de telequinesis, el del medio tuvo que trabajar un tiempo en una empresa de materiales pétreos, propiedad de Filadelfo Sinahué, moviendo toneladas de cemento, mortero y grandes piedras, emulando a sus antepasados, que construyeron pirámides en varios planetas. Le estaba yendo muy bien; me enteré que nomás juntó baro y se fue con Ramón, de mochilero, a recorrer el mundo. Desde entonces no se sabe su paradero. La mandataria siguió enfocándose en acumular riquezas y en hacer lo único que sabía hacer: destruir, descomponer y acabar con lo bueno que había en el planeta. Aunque cada vez eran menos los que la apoyaban, todavía le alcanzaba para seguir haciendo daño. Las cosas habían empeorado mucho y contando: todas las instituciones que producían algo y que transportaban algo ya estaban en manos de la hiena y su pandilla; todo su grupo comulgaba con las ideas comunistas. Estaban anulados los órganos autónomos que equilibraban el poder, así que ya no había impedimento para que la mandataria hiciera y deshiciera; la empresa que no destruía, la expropiaba y luego la vendía. A agua revuelta, ganancia de pescadores. En medio del desastre y la pobreza, la reina se las ingeniaba para sacar dinero de donde fuera.

10

LA INICIATIVA PRIVADA

—Antes de incursionar en la política, la perra tuvo varios empleos. Destaca uno en particular por su importancia, y es que participó como súper agente de la CIA. Por motivos que tú ya te imaginarás, ella tuvo muchos problemas con todos sus jefes y compañeros de trabajo. La verdad es que no la corrían por temor a las represalias de las organizaciones de los derechos perrunos que en esas épocas estaban muy fuertes, además de que la discriminación era muy penada; había mucha literatura sobre el maltrato animal y sobre el acoso laboral. En una ocasión la súper agente andaba en Estambul dando seguimiento a una misión secreta, en la cual le tocaba investigar y reportar lo relacionado con un triple crimen de trascendencia internacional que involucraba a varias agencias de investigación, entonces sonó su zapatófono:

—¡Aló! ¿Quién es? —preguntó la superagente.

—Hola, Can, soy el jefe. Quiero que me digas...

—Espere, jefe. ¿Cómo sé que es usted?

—Te voy a dar la clave. La clave es C.L.A.V.E.

—¿Qué?

—Quiero que me informes sobre…

—Espere, jefe. ¿Cómo sé que no se robó la clave?

—Maldición, Chucha, pon atención a lo que te digo o te juro que te asesino.

—No se enoje, jefe; hay que precaucionar.

—Dame tu reporte, rápido.

—Muy bien, jefazo, pero tranquis; ahí le va: pues fíjese que la hija del carnicero sale con su tío y la tía sospecha del tío, pero el tío se cuida mucho; es un tío muy listo. El otro día casi los cachaban, pero se escondieron en un contenedor de basura.

—¿De qué diablos hablas, maldecida Chucha? Te ordené que siguieras al sospechoso de detonar la bomba en Manhattan, donde murió esa pobre gente y quedaron muchos heridos, y que me informaras cada tres horas, pero no me has informado nada. ¿Cuál es el estatus del asunto? ¿Qué técnica usaste?

—Usé túnica, jefe, ja, ja, ja. ¡Qué buen chiste!

—Dime qué has investigado en este mismo instante si no quieres que te meta en la boca una mina de fragmentación con un cartucho de dinamita impregnado con nitroglicerina sólida y te lo haga explotar con mi control remoto para que vueles en 1,000 pedazos hasta el cielo. ¿Entendiste, estúpida?

—Sí, jefe, no se esponje. Ya entendí. No soy tonta y ya investigué; es más, ya localicé al sospechoso y acabé con él. Aquí está su caláver totalmente muerto, ahí le va la foto por WhatsApp. ¡Ñaaaa! Ja, ja, ja.

—¡Espera, perra! ¿No es ese el detective Sudda?

—No, jefe. ¿Cómo cree? Este es el asesino; aquí está su gafete que dice: "Exterminador Terrible".

—¡Estúpida y más que estúpida! Es el detective Sudda. Has matado al mejor detective de la agencia. Ese era uno de sus seudónimos; lo envié para que te apoyara.

—¿Seudónimo? No, jefe, no se llamaba así. ¿No será, Jerónimo?

—¿Qué no entiendes, delincuenta? Eres una criminal. Has matado al detective más calificado de la CIA.

—Ah, eso sí que no. Yo soy la más chipocluda. Yo soy la mejor detectiva de todas y soy linda, además de inteligente; no creo que sea mejor que yo. Podemos competir y le gano. ¿Qué tal si nos organiza un debate, jefe? A ver quién es mejor.

—¡*Shut up now*! Envíame tu placa y tu arma y después repórtate con Asuntos Internos y prepárate para pasar una larga temporada en la sombra; y no te me cruces en el camino porque no respondo.

—Ay, jefe, no es pa tanto; hay detectives por todos lados. Nomás busque otro sin hacer tanto show; yo le puedo recomendar varios mejores que Sudda. ¡Qué bárbaro! No nos dejan expresarnos y desarrollarnos, no nos hacen caso, aunque nuestras ideas sean buenas; el *mansplaining* en toda su crudeza. ¿A dónde vamos a parar con estos jefes misóginos?

—Y ese era el pan de cada día: de cualquier situación, por más sencilla que fuese, armaba un merequetengue, cada caso era una bronca segura, cada investigación en sus patas era un fracaso total. Ella hizo que despidieran a sus jefes, puso en riesgo las operaciones de la CIA y quemó por accidente la bodega general de evidencias y pruebas documentales. La perra supo escabullirse muy bien de sus perseguidores un segundo antes de que la apresaran. Poco después supe que laboró en una empresa de divorcios exprés, pero ahí también empezó a tener problemas incluso desde antes de ser contratada. A su llegada a la corporación la atendió uno de los abogados que también la hacía de *coach* y jefe:

—No estamos dando limosnas a indigentes, ¡vete!

—No ofendas, vejete; vengo por lo de la chamba —dijo la perra.

—¿Traes papeles?

—¡Claro que no! En el anuncio del periódico decía: "Se ocupa *floor manager*, inútil presentarse sin documentos". Y aquí estoy lista pal jale en cuerpo y alma.

—Perdón, ¿entonces tú te llamas Inútil? Okey. ¿Ya sabes lo que tienes que hacer, Inútil?

—Claro que sí. Y no me llamo inútil, soy la Perrúbela. De seguro me has de haber visto en la televisión o en Facebook; soy muy famosa.

—No, no te conozco, ni quiero. A ver dime: ¿qué es lo que vas a hacer?

—¿Quién? ¿Yo?

—Sí, tú.

—No soy adivina, Harry.

—Me llamo Barry.

—Cada rato te cambias de nombre, Harry.

—Siempre me he llamado Barry, tonta.

—¿Barry tonta? ¡Qué raro nombre!

—Yo soy Barry, tú eres la tonta.

—¿Ya nos llevamos así? ¿Con acoso y toda la cosa?

—Tu trabajo será limpiar un nivel.

—¿Tantos? En el otro trabajo limpiaba menos niveles.

—Sólo es un nivel y es el más limpio.

—Bueno, pero sábete que allá me acosaban, por eso me salí.

—Prometo no acosarte.

—¿Por qué no? Acósame, Harry. ¿Sí?

—¿Quieres el trabajo sí o no, perra?

—Quiero hablar con Mario.

—¿De parte de quién?

—De parte mía.

—¿Tienes cita?

—No.

—Entonces no puedes verlo.

—¿Quién da las citas?

—Yo.

—Dame una cita pa hoy y acósame.

—No hay citas ni acoso.

—Esto es un abuso. Me quejaré con recursos humanos. Si me acosas no te acuso, je, je.

—Pero tú no eres humana.

¿Para qué quieres ver a Mario? Si se puede saber.

—Necesito vacaciones y quiero pedirle un aumento de sueldo del cien por ciento.

—Pero si ni siquiera te hemos dado el trabajo.

—Pero es mi amigo.

—¿De dónde lo conoces?

—¿A quién?

—A Mario.

—¿Mario?

—Se me hace que tú no conoces a nadie, no tienes cara de conocer a nadie y mucho menos de ser amiga de Mario. Él no tiene amigas tan feas ni tan tontas.

—¿Cuánto ganas tú, Jerry? ¿Cuánto me van a pagar? No me vayas a salir con una baba.

—Harry. Me llamo Harry, digo Barry. Mira, perra, primero te voy a hacer un examen para ver si eres apta y te quedas con el puesto.

—Está muy difícil. En otros trabajos los exámenes son más fáciles, no seas gacho y dime la clave.

—Pero si no te he dicho en qué consiste la prueba.

—Pero está muy difícil.

—Sólo te voy a hacer una pregunta. ¿Cuánto es uno más uno?

—¡Chin! Nunca he sido *good* pa la biología. Dame una pista, no te ensañes conmigo por ser linda. Acuérdate que normalmente las mujeres lindas no somos muy inteligentes.

—Voy a darte por buena la respuesta, yo soy el papá de Mario y tengo las facultades para darte el trabajo. Ojalá no me tenga que arrepentir, pues a leguas se ve que eres tonta, aparte de fea, vulgar y sucia; pero creo que puedes con el puesto, ya que el trabajo consiste en no hacer casi nada. Sin embargo, antes te vamos a mandar con el doctor para que te haga la evaluación médica.

—¡No! Con ese doitor no, dicen que pone indeciones.

—¿Pero cuál doctor?

—El que tú dijistes.

—Yo no he dicho cuál doctor.

—Pero pone indeciones.

—Te mando con otro.

—¿Ese no pone?

—No.

—Sí pone.

—El papá de Mario era muy noble de sentimientos y gustaba de ayudar a los animales; le dio el trabajo a la perra sin saber en lo que se estaba metiendo. Él la comisionó en el departamento de copias, pero en el primer día la bestia se comió todas las hojas blancas y parte de la copiadora. Más tarde vació una taza de café caliente en las piernas de la amante del papá de Mario, causándole quemaduras en el 18% de su cuerpo, por lo que la tuvieron que internar en un hospital geriátrico del centro. Al otro día mandaron a la madama a podar el césped, pero la tonta no sabía manejar y perdió el control del tractorcito, estrellándolo contra el Porsche del papá de Mario y causándole pérdidas millonarias. «Todo mundo tiene derecho a una nueva oportunidad», pensó el papá de Mario, y sin saber por qué (ignoraba lo de la suerte) le dio el puesto de *floor manager* de la corporación, el cual estaba vacante. A continuación, se procedió a registrar la firma de la Perrúbela en el banco, lo cual fue un problemón, ya que no sabía firmar ni tenía huellas digitales, por lo cual tuvieron que tomar el registro de su lengua; eso sí, le otorgaron amplias facultades para pleitos y cobranzas y para actos de administración y de dominio. La perra no perdió tiempo y utilizando su firma lingual compró acciones de varias compañías importantes, gastando todo el saldo de la cuenta; además, adquirió un seguro contra quiebra de empresas y ella misma se designó como única beneficiaria. Ya con todo el poder, la perra despidió al papá de Mario y a su amante y vendió todos los vehículos de la empresa, menos el Porsche porque todavía estaba en el taller. Ella se deshizo de todo el personal en un abrir y cerrar de ojos, quedándose completamente sola. Y como ella no sabía nada de divorcios exprés, llegó el momento en que ya no había ni un solo cliente, pero sí muchos acreedores que se empezaron a arremolinar en el lobby, exigiendo que se les pagasen sus recibos y facturas vencidas. Ante tal situación la perra tomó cartas en el asunto, resolviendo la circunstancia a su modo: salió huyendo por la puerta trasera mientras la turba enardecida tumbaba el portón principal e ingresaba al local. Para cuando los acreedores llegaron a la oficina de la fallida *floor manager*, ella ya iba corriendo a varios kilómetros de distancia, rebasando a los autos. Meses después un emisario tocó a las puertas del nuevo domicilio de la fea y le hizo entrega del Porsche del papá de Mario y un costal repleto de billetes de diversas denominaciones. Según le dijeron, aquello era el producto del seguro contra quiebra que contrató con el banco. Ya era rica de nuevo. La suerte de la fea, la bonita la desea. Esa noche, al amparo de las sombras, la hiena salió por la puerta de atrás del cuarto sin baño que habitaba, quedando a deber varios meses de renta atrasada y llevando consigo, como único equipaje, el costal rebosante de dinero. Después envió por el auto, ya que no sabía manejar.

11

LA PERRI

—Pero volvamos a la contemporaneidad, a lo que sucedió hace muy poco tiempo, lo más reciente; después te contaré sobre otras aventuras de la chucha. Oportunidades va a haber y muchas, estoy seguro. Pues resulta que hace una temporadita, en que la reina andaba como cholo sin grabadora, se le veía retraída, distante, preocupada, ida, más intolerante, más ofensiva, más todo; se la pasaba borracha, drogada y casi no dormía ni comía. Bueno, sí comía, y mucho, pero vomitaba. Lo que la traía a kilómetros del *flow* era que se había corrido el rumor de que el magistral Perruno visitaría la Tierra en un viaje de supervisión por los 13 planetas. Aunque era una auditoría de rutina, al destaparse la cloaca de lo que pasaba en la Tierra dejaría de ser simple rutina y se convertiría en un escándalo; y la perra lo sabía muy bien. Eso era lo que la traía así. Imagínate si el magistral descubría sus mentiras, si se enteraba de las condiciones en que se encontraba la administración de la Tierra, sobre todo Japón; no le iría nada bien a la reina. Ella no tenía la certeza de si el equipo del magistral había descubierto o no la falsedad del informe enviado durante la anterior auditoría, la cual fue virtual, algo que le benefició a la perra; pero ahora no se contaba con esa ventaja, ya que la revisión sería presencial al cien por ciento, pues la pandemia ya era cosa del pasado. Se acercaban las elecciones en la galaxia, incluso se decía que el magistral Perruno llegaba al final de su mandato y andaba en busca de su sucesor; eso lo tenía más sensible y, a la vez, más intolerante ante los problemas políticos y sociales. Eso ponía también muy tensa a la reina, quien daba vueltas y vueltas y no se echaba. El mandatario Perruno quería ser reconocido por los de su raza y por los habitantes del resto de los planetas como un líder justo y ecuánime, así como dejar gratos recuerdos y muchos buenos amigos. Eso era muy importante para él: formar parte central de la historia. Le interesaba sobremanera trascender el tiempo y el espacio. Adicionalmente al pulque curado y a la cerveza que la perra acostumbraba beber diariamente para contrarrestar el estrés y la ansiedad, también empezó a consumir distintas pócimas caseras y drogas desconocidas. Asimismo, masticaba hojas de plantas sin saber si eran venenosas. También llegó a comer insectos. Raramente la madama andaba en sus tres sentidos y la fecha de la visita se acercaba. La perra no tenía paz ni sosiego, pues no vislumbraba alguna posible solución a la catástrofe en que tenía sumido al planeta. Un sábado, después de la guarapeta de la noche anterior, toda temblorosa y presa de la ansiedad, la reina intentó servirse un vaso de pulque; desesperada se dio cuenta de que se había agotado su reserva: ya no había ni una gota, el barril estaba vacío. Entonces tomó una botella que Rodolfo le había traído del Himalaya y se la empinó de una. Meses antes, por un encargo de su ama, Rodolfo había visitado al Dalai Lama con la finalidad de que le recomendara, para la reina, algunos ejercicios de yoga, así como brebajes para vencer la preocupación y los nervios. Rodolfo jamás supo qué contenía ese recipiente que trajo del Himalaya, ya que lo obtuvo ilegalmente en un descuido del líder espiritual y de su gente; se lo robó, pues. Rodolfo nunca le contó al anciano sabio sobre los males de la mandataria, sólo le preguntó si tenía algún remedio para quitar lo feo, a lo cual él le contestó que no. Después Rodolfo se hizo pasar por un turista y anduvo husmeando en las instalaciones y en un descuido de los guardias tomó la botella y la ocultó en su ropa, pues no quería hacer el ridículo contándole al Dalai Lama todo lo que su jefa le había encargado, es decir, explicarle lo de la visita del magistral Perruno, de las auditorías y el desastre que se pretendía ocultar. Era mucho rollo. Aquella botella bien pudiese haber contenido veneno para ratas o algún detergente para limpiar muebles, pero al perro fiel no le importó; no quería llegar con las manos vacías con su jefa y recibir una fuerte reprimenda. Él prefirió arriesgar a su ama que enfrentar su conocida furia. La cuestión es que ese día, la bruta, sin pensar en lo absoluto, se bebió irresponsablemente hasta la última gota de aquel líquido misterioso y dulzón. Las consecuencias no se harían esperar; primero tosió y estornudó, luego tuvo estremecimientos, espasmos y convulsiones. Eructó, se echó un pedo y luego cayó como fulminada por un rayo. Ya era tarde y Rodolfo se encontraba bastante extrañado de que su jefa no lo requiriera para pedirle sus tortas de cilantro y el pulque de las 12. Curioso como era, Rodolfo entró a los aposentos de su jefa, llamándola a gritos: "¡Madama! ¿Dónde está, querida jefa? ¿Se siente bien? Le traje su desayuno". Él la buscaba afanosamente mientras pensaba: "Zorra, se ha de haber quedado dormida o ha de estar cruda. Es tan floja, pero aun así me parece muy extraño. Los sábados siempre se levanta antes de las 12 porque la despierta el hambre; come, se vuelve a acostar y se despierta hasta el domingo". Al traspasar el umbral de la puerta trasera del fondo, el perro fiel quedó sorprendido al ver a una perrita dormida en el piso, rodeada por vómitos y suciedad; al instante notó que se trataba de una akita, al igual que su jefa. La reina siempre presumía de que era una akita humana, pero parecía no tener nada de akita ni de humana, la verdad:

—¿Y esta perrita de dónde salió? No me ha dicho nada la madama sobre la visita de algún pariente; según dice que no tiene familia, a excepción de sus tres hijos. Parece que está enferma o golpeada. Su ropa se parece mucho a la de la reina, nomás que le queda muy grande —pensó el perro fiel.

—Rodolfo había aprendido mucho sobre primeros auxilios, heridas y todo tipo de dolencias, ya que en sus giras apedreaban a su jefa con frecuencia y él le curaba los moretones. Además, la reina sufría de convulsiones y ataques epilépticos y a él le tocaba batallarla. La gran experiencia de tantos años le permitió a Rodolfo darse cuenta de que la cachorrita estaba deshidratada y de inmediato procedió a reanimarla con líquidos. Dejó en una canasta las tres tortas y el pulque que había tenido la iniciativa de recoger al pasar por la cocina del castillo, así se ahorraría otro viaje y un regaño, ya que de todos modos su ama lo enviaría a buscar la comida y bebida que a esa hora acostumbraba devorar. No sabía por qué, pero aquel animalillo le resultaba muy cercano y familiar. «Se parece mucho a la jefa. Aunque la reina es bastante feíta y malencarada; cuando menos esta perrita tiene la fortuna que tienen los animalitos recién nacidos: todos son bonitos cuando están chiquitos», pensó Rodolfo. El perro fiel tomó una franela, la empapó con agua tibia y empezó a limpiar con paternal esmero el cuerpo y la cabeza de la perrita, quien, al contacto con las manos suaves de Rodolfo, empezó a reaccionar con pequeños estremecimientos y quejidos. Por fin la perrita abrió los ojos y balbuceó algo que dejó anonadado al servil empleado: "Lodofo, Lodofo, name tota, name tota". ¿Cómo era posible que la pequeña perrita supiera el nombre del criado *honoris causa* si era la primera vez que estaba en el Castillo Perrubelar? El perro fiel no era tonto, o al menos eso creía, y sacó sus deducciones detectivescas: "Debe ser una admiradora que me ha visto por televisión cuando la jefa da sus discursos y yo estoy atrás de ella para lo que se le ofrezca, o le estoy limpiando las zapatillas, o sirviéndole un café". Entonces la pequeña akita dijo: "¡Tonto!". El velo se descorrió y el fallido detective quedó petrificado sin poder articular palabra o movimiento alguno. Sólo había un ser en el mundo que le pudiese decir ese tipo de ofensas con tanto desprecio y naturalidad; haciendo un gran esfuerzo, Rodolfo se atrevió a preguntar: "¿Madama? ¿Es usted, querida patrona?". Cuando el perro fiel observó que la perrita estaba prácticamente devorando las tortas de cilantro y el pulque que le había llevado, no le cupo la menor duda de la identidad de la cachorrita. Aquella tierna y pequeña perrita, sin lugar a dudas, era su ama, la reina de la Tierra. En ese momento Rodolfo descubrió la botella vacía que estaba sobre la mesa entre varios cachibaches y se estremeció, obvio que la reconoció inmediatamente, pues era la que él mismo había traído del Himalaya; Rodolfo la tomó para leer por primera vez la leyenda que estaba impresa en la etiqueta. Antes no tuvo ocasión de revisarla, ya que la había sustraído ilegalmente de la casa del Dalai Lama porque lo prioritario era llegar al castillo con alguna botella, rama curativa o droga, fuese de lo que fuese. Rodolfo había pensado que la leyenda plasmada en la etiqueta se referiría a la caducidad, calorías, plomo y datos nutricionales, pero no; en la etiqueta sólo decía: "Pócima rejuvenecedora del Himalaya". Dosis: "Una cucharadita cada seis meses. No se use en menores de edad, en embarazadas y en animales. Elíxir experimental, su ingesta será responsabilidad de quién la use". Rodolfo se sorprendió y se alarmó sobremanera:

—¡Chin! ¡Se tomó toda la botella la bruta! Lo más seguro es que creyó que era pulque. ¿Y ahora qué va a pasar? En unos días llega el magistral Perruno con su comitiva; no quiero ni pensar lo que hará con la Tierra y con nosotros cuando se entere del desastre y los engaños. Y ahora estamos peor, ni reina tenemos.

—El perro fiel tuvo un *déjà vu*; recordó la era de Le Perri, cuando el pequeño gobernó temporalmente la Tierra y los resultados fueron magníficos. Aquella fue la época en que la Tierra vio sus mejores años, cuando los integrantes del gabinete sólo se encargaban de interpretar las órdenes del canito mediante un lenguaje de sonidos y señas. La luz iluminó la mente de Rodolfo y entendió el mensaje divino: en ese momento había llegado otra era de bonanza para la Tierra, la era de la Perrúbela bebé. Rápidamente, el perro fiel tomó una decisión: encerró a la pequeña en una jaula y salió disparado a buscarme. Yo estaba de visita en Japón, como casi todos los fines de semana, bueno, lo que era antes Japón y que ahora otra vez es México, y me informaría de los últimos acontecimientos y de la oportunidad sin igual que se abría para el futuro inmediato de la sociedad terrestre. Me encontraba en una reunión con los parlamentarios. Rodolfo me llamó a solas y me dijo entre susurros y jadeos todo lo acontecido con la reina, sin omitir su epifanía:

—¿Estás totalmente seguro de lo que me dices? —le pregunté.

—Te juro que es la neta —enunció Rodolfo.

—Bueno, confío en ti. Voy a aprovechar que hay varios parlamentarios y ministros para darles la noticia.

—Yo, hábil como soy en el arte de la política y la retórica, tuve una gran idea que puse en marcha inmediatamente. Aprovechando la recta empecé a improvisar un discurso que me salió del corazón; sentía realmente que a partir de ese día todo cambiaría para bien en la Tierra y su población. Todo me salió muy natural y muy bien. Les conté a los parlamentarios y ministros, primero, lo que había sucedido con la tonta reina y después todo lo demás, como los planes, las expectativas:

—Señores congresistas y ministros; los tiempos de Dios son perfectos, lo que nos pasa es algo maravilloso y trascendental: ha llegado el momento del verdadero cambio, de la época de oro, de la verdadera transformación, donde todos y cada uno de nosotros seremos testigos y a la vez actores del renacimiento de la renovada Tierra —proclamé—. Todos recordamos con nostalgia la época de las vacas gordas, cuando Le Perri encabezó un gobierno efímero, pero fructífero; pues bien, volveremos a esos días, pero ahora con La Perri. Sí, señores; regresaremos a las políticas que sí rinden fruto y productividad, a la estrategia de interpretación y ejecución de sonidos y señas. Traduciremos lo que nos diga la pequeña reina como nosotros queramos y le daremos otro matiz a la gobernanza; sus órdenes las ignoraremos y en su lugar implementaremos sólo inteligentes y novedosas políticas públicas, verdaderos programas sociales, fortaleceremos las instituciones democráticas, los empresarios tendrán estímulos fiscales y facilidades de crédito y volveremos al sistema de salud anterior y a la relación recíproca bilateral con el resto de los planetas de la galaxia, y obviamente con todas las colonias de nuestro planeta. Nosotros conocemos muy bien las carencias de la gente, sus fortalezas;

queremos el bien de la Tierra y sobre eso trabajaremos unidos a La Perri. ¡Viva La Perri! ¡Viva la pequeña nueva reina!

—¡Vivaaaa! ¡Vivaaaa! ¡Vivaaaa! —respondieron al unísono los parlamentarios y ministros.

—En pocos días llegarán a la Tierra el magistral Perruno y el Consejo de la junta con una considerable comitiva que lo acompaña por la galaxia, supervisando a los gobiernos de todos los planetas. Les entregaremos buenos números; de eso no les quepa la menor duda. Desde el próximo lunes, como constitucionalmente lo tenemos contemplado y permitido, trasladaremos todos los poderes a México y ahí nos prepararemos con suficiente tiempo para recibir a nuestros visitantes. Le enseñaremos al magistral Perruno de qué estamos hechos, le mostraremos que hay Tierra para rato, así como los grandes avances que hemos logrado en infraestructura, en ciencia y tecnología; que el magistral sienta la paz que priva en nuestras ciudades, que pueda caminar por las calles con la confianza de que no corre ningún peligro tanto él como su gabinete; que disfrute nuestras bellezas naturales.

—La Tierra estaba de fiesta, pues era la primera vez que se engalanaría con la visita de tan ilustres personajes. Se mandaron a hacer camisetas con la foto del magistral Perruno, se construyeron estatuas con su imagen y se colocaron en las principales ciudades del planeta; por todos lados se vendían figuritas y llaveros con el rostro del querido magistral. Había gran entusiasmo y alegría. Sin embargo, una inesperada e inquietante noticia puso en jaque al motivado equipo, al *staff* y a todos los parlamentarios y lugartenientes; y es que había llegado un SMS que informaba que, desafortunadamente, La Perri estaba desaparecida. Rodolfo era el carcelero personal de la reina y regularmente la mantenía encerrada en una pequeña jaula, pero se confió demasiado y en esa ocasión no la cerró con candado; ahora enfrentaría las consecuencias de su descuido. Desoyendo mis órdenes, Rodolfo no aseguró bien la puerta de la jaula y la inquieta y escurridiza perrita reina se escapó con rumbo desconocido. Días después de que la pequeña se escapara, una fatal noticia inundó todos los medios de comunicación: Nueva York había sido parcialmente destruida y, según se informaba, habían muerto alrededor de ocho millones; había, también, múltiples heridos y damnificados. A Nueva York se le declaró zona de desastre y se solicitó ayuda humanitaria internacional con el fin de paliar un poco el caos y la tragedia de la gran manzana. Todavía se ignoraban las causas de la catástrofe, pero circulaban varias versiones. Entre las más recurrentes destacaba la de un posible ataque alienígena; se creía que lanzaron bombas mortíferas contra la gran colonia de los Estados Unidos. Otra versión hablaba de una epidemia zombi provocada por un gas que se escapó de un basurero de una de las plantas fabricantes de armas químicas en Barcelona. Una tercera teoría era más inverosímil, pues afirmaba que dicha mortandad tenía su origen en un virus que los chinos habían esparcido con el fin de ganarle mercado a los Estados Unidos a nivel internacional. "¡Yo tengo una cuarta!", le dije en aquella ocasión a Rodolfo. Una cuarta versión. Pensé que no me iba a creer, sin embargo, se la conté, ya que pensaba, y con muy válidos motivos, que era la más probable y creíble de las versiones y la que al final de cuentas resultaría verdadera. Desgraciadamente los terribles hechos y las pruebas encontradas, involucraban directamente a la pequeña reina y a nuestro gobierno, por eso le pedí su discreción y reserva; recuerdo palabra por palabra lo que le dije: "Amigo; por ningún motivo debes de comentar esto con nadie. Tienes qué prometerme que ni aunque te torturasen con agua hirviendo, o con música de Luis Miguel, dirías una sola palabra sobre el asunto. ¡Discúlpame, amigo! Sé que soy muy exagerado, pero entiende que esto me podría costar mi chamba o, peor aún, las hordas gubernativas me podrían desaparecer de la faz de la Tierra junto con todos mis allegados en un dos por tres. Acuérdate de lo que dijo Diógenes: 'Mejor rodéate de zopilotes que de aduladores, los primeros devoran a los muertos, los últimos a los vivos'. Yo tenía un amigo que es primo del tío del suegro de un conocido del abuelo de un soldado retirado que trabajó en la NASA, y él me contó las cosas tal como sucedieron, pues según esta persona hay videos y documentos que no dejan lugar a dudas. Lo bueno para nosotros es que estos videos y documentos se encontraban, o creo que aún se encuentran, en estatus de reserva. Resulta que La Perri fue a dar a Florida, no me preguntes cómo; la cuestión es que la encontraron vagando, famélica y maltrecha, en una playa de Miami. Un niño que paseaba con sus padres la vio y rogó a su padre que la adoptasen".

—¡Papá, Mira! Una perrita.

—¿Dónde?

—En la arena. Las perras no vuelan, papá.

—Ah, sí, ya la vi.

—Me quiero quedar con ella. Está bonita.

—No, ya sabes que no podemos tener animales en la casa, y menos tan feos.

—¡Ándale! Di que sí. No está fea.

—¡Que no, O! Ya sabes que soy muy estricto y que cuando digo no, es no.

—Por favor, *dad*, ¿sí?

—Está bien, pero ya no me mires así. Ah, pero una cosa: tú te encargarás de cuidarla.

—Gracias, papi. ¡Yupi!

—El papá de O vivía en un barrio popular de Miami, cerca del aeropuerto de Opa-Locka, pero trabajaba en Cabo Cañaveral como asistente de los científicos y astronautas del departamento de actividades espaciales; era un empleado de bajo nivel, pero tenía un sueldo que le permitía tener casa propia, auto y salir de vacaciones. Según me contaron, la familia miamense no se encariñó mucho con la perrita; para todos pasaba desapercibida. El niño, O, jugaba con ella, pero luego le aburría y prefería a su gato. Siempre que el papá de O salía en el auto, el niño quería acompañarlo y, por supuesto, la chucha también quería ir, por lo que lograban uno que otro paseo por los alrededores de Opa-Locka; visitaban las pizzas, los bolos, la playa, etcétera. Dicen que un día el papá de O se disponía a irse a trabajar y el niño, ya muy acostumbrado a los paseos en auto, le lloró porque quería acompañarlo:

—Quiero ir contigo, papá —dijo O.

—No, a mi trabajo no puedes ir. No se permiten niños —respondió el padre del niño.

—Yo también quiero ir, papá.

—Si no se permiten niños, menos perras.

—Sé firme, querido; no arriesgues tu trabajo —intervino la madre de O.

—Claro que no, mujer. Ya sabes que yo soy muy estricto y cuando digo no, es no.

—Pero yo quiero ir. ¡Buá, buá, buá, aaaay! —balbuceó O, lloriqueando.

—No te dejes ablandar, querido. Aunque el niño ya domina las onomatopeyas del llanto a la perfección, que no te convenza. Sé firme, pero… ¿No te da lástima? Pobrecito ¿Por qué no lo llevas por esta ocasión? —preguntó la madre de O.

—Okey, pero a la perra no —dijo el padre.

—Gracias, papi. ¡Yupi!

—Momentos después, el papá de O manejaba su auto tranquilamente rumbo a su trabajo, ya cerca de Banana River, por donde están los puentes para cruzar a Cabo Cañaveral. De repente se dio cuenta de que su hijo no llevaba puesto el cinturón de seguridad, situación muy sancionada por allá, al igual que en todas las colonias de Florida:

—¡O, ponte el cinturón! —expresó el papá de O.

—Sí, papi —respondió O.

—Sí, papi —replicó una voz desconocida.

—Me pareció escuchar dos voces. Una de niño y otra de perra —comentó el padre.

—No, papi —dijo O.

—No, papi —aseveró la voz.

—Otra vez escuché la voz de la perra —atinó a decir el padre.

—Me voy a portar bien, papi —afirmó O.

—Yo también, papi —articuló la perra.

—¡Te veniste también, maldita perra! ¿Ahora qué hago? Ya no me puedo regresar; es muy tarde.

—Nos vamos a portar bien, papi —comentó O.

—Sí papi, yo también —expresó la perra.

—No me digas, papi. Maldición. ¡Cállense los dos! Déjenme pensar —exclamó el papá de O.

—Llévanos a tu oficina y ahí nos quedamos; nos portaremos muy bien; somos muy bien portados —declaró O.

—Bien, sabes que no puedo hacer eso.

—Por favor, papi —dijeron O y la perra al unísono.

—¡Está bien! Pero ay de ustedes si hacen alguna travesura; no los vuelvo a traer. Ya saben que soy muy firme y que cuando yo digo no, es no.

—Muy bien. Ya llegamos. Pongan mucha atención. Aquí se van a quedar escondidos y no salgan por nada del mundo. ¿De acuerdo?

—Sí, papi —respondieron la perrucha y el niño.

—¡Que no me digas papi! Miren, pongan mucha atención: esa que está ahí es una nave portamisiles. Nadie sabe de su existencia ni de las operaciones que con ella se llevan a cabo; es un asunto ultra secreto. Si se llegara a descubrir la existencia de la nave y de los misiles estaríamos en fuertes problemas con los premiers de las colonias de China y Siria; cancelarían el tratado antimisiles y de desarmes núcleo balísticos que está firmado en forma tripartita.

—Está muy bonita la nave.

—Sí. Bonita la navecita.

—Sí, es muy moderna, es de las más nuevas.

—¿Y todos estos botones y palancas para qué sirven, papi? ¿Podemos jugar aquí adentro?

—¿Sí, papi? ¿Podemos jugar? Nos portaremos bien.

—¡Maldita sea! ¿A qué horas se metieron a la nave? ¿Por qué no hacen caso? —preguntó el padre.

—¿Para qué sirve este botón que dice ignición?

—No vayan a tocar ese botón; es el que activa los propulsores de la nave —comentó el papá de O.

—¿Éste? —dijo la perra.

—¡No lo oprimas! Maldita sea, lo oprimiste, perra.

—Fue sin querer, papi.

—¡Que no me digas papi! Maldita. Ahora ya van volando sin control. ¡Se van a estrellar!

—¡Tenemos miedo! —dijeron la perra y O.

—No se preocupen, yo los voy a ayudar; he practicado dos veces en los simuladores. Pongan atención; les voy a dar indicaciones y síganlas al pie de la letra, porque si no, podrían tener un accidente fatal —explicó el padre.

—Pero tengo miedo, papi. Está muy alto. La Tierra se ve como una bola de colores.

—Sí, papi, como una bola en blanco y negro.

—¡Que no me digas papi! Yo no soy tu papá —exclamó el papá de O.

—¿Qué hacemos, papi? Ayúdanos —expresaron la perra y O.

—Bueno, tranquilos, no vayan a tocar el botón que dice *Missile Launcher* —mencionó el padre.

—¿Este, papi? ¿El rojo? —preguntó la pequeña mandataria.

—¡No, perra! ¡No lo toques! Lo tocó. Activó el misil, me lleva el demonio. ¿Y ahora qué hago? —cuestionó el padrazo.

—Papá, vamos muy rápido. ¿Qué hacemos? —cuestionó O.

—No te preocupes, O. Pon mucha atención: toma la palanca azul, la que está a la derecha del botón rojo, y muévela hacia la izquierda y hacia la derecha. Así, muy bien; tranquilo; como ves, si la muevas a la izquierda el misil toma rumbo al océano y si la mueves a la derecha, se enfila hacia tierra.

—Sí, papi —respondió O.

—Así vamos muy bien, hijo. Apriétala fuerte hacia la izquierda; siempre hacia la izquierda, muy bien. Ya va el misil hacia el charco. ¡Qué alivio!

—¡Yo también quiero mover la palanca papi! ¿Síííí? —dijo la Perrúbela bebé.

—¡No! Tú no, perra. Y ya sabes que cuando yo digo no, es no —declaró el padre.

—Pero es que yo también quiero. ¡Buáááá, ayyy, guau guau! No me quieres —sollozó la perra.

—¡Claro que no te quiero! ¡Cállate! Nos van a descubrir con tus ladridos. O, préstale la palanca un poco a la perra, pero que no la mueva hacia la derecha porque el misil cambiaría de rumbo y caería en la Tierra.

—Sí, papi —respondió O.

—Gracias, papi —expresó la perra.

—No soy tu papi y no la muevas a la derecha. ¡Que no la muevas hacia la derecha! El misil está cambiando de rumbo justo hacia New York.

—¿Cuál es la derecha, papi? —preguntó la bestezuela.

—Maldita, perra. ¡Nooooo! ¡Oh Dios!

—Dicen que la explosión fue tan grande y estruendosa que se escuchó hasta la Luna y se vio desde Marte; la mayoría de los millones de neoyorquinos aún dormía, no se esperaban un final tan abrupto. No supieron ni por donde les llegó el golpe. No sufrieron. Me sentí bastante apesadumbrado y no era para menos; no me canso de pedir disculpas al mundo por esa terrible pérdida, pero no podía aceptar aquel hecho como *mea culpa*, pues la perra llevó a cabo ese acto siendo una cachorrita, por lo cual en aquel tiempo era inimputable; no tenía todavía, por su edad, una responsabilidad legal. Me consolaba un poco imaginando todo el daño que pudo haber hecho la perra siendo adulta. No teníamos las evidencias de que todo eso hubiese sucedido tal como me lo contaron, pero de ser verdad, cuando la perra volviera a crecer, habría posibilidades de achacarle culpas; me lo dijo un abogado amigo mío. Esos delitos no prescriben y preferimos esperar; de todos modos, si promovíamos una interdicción, también le podrían haber quitado a la perra sus derechos para gobernar; así que mejor nos hicimos de la vista gorda. Necesitábamos a la perra para la visita del magistral. Lo rescatable de aquella situación es que otra vez se confirmó la espectacular suerte de la perra, pues de esa aventura también salió bien librada. La nave, además de servibar y Fortnite, también contaba con asientos eyectables equipados con paracaídas y tanques de oxígeno para emergencias, los cuales se activaron automáticamente y ambos peques cayeron en el mar, cerca de Delaware. El pobre de O no corrió con tanta suerte como su compañera de aventuras, pues dicen que quedó cuadripléjico, dañado de sus vértebras, sus ligamentos y su columna; el diagnóstico no era muy bueno, pero cuando menos estaba vivo y podría recuperarse con el tiempo y volver a caminar.

12

LA VISITA DEL MAGISTRAL

—No hay fecha que no se llegue ni plazo que no se cumpla; el 24 de febrero del 2056, a eso de las 14:00 horas, la oscuridad invadió todo y la gente empezó a gritar: ¡Un eclipse! ¡Un eclipse! Las aves de corral se empezaron a subir a los árboles para dormir y los veladores se aprestaron a alistar su mochila, su radio y su lonche para irse a trabajar. Pero no, no era un eclipse, lo que pasaba era que habían llegado las ingentes naves del magistral Perruno, y debido a su gran tamaño y a su número, oscurecieron totalmente el cielo de esa vasta región insular que incluye a México y a sus prefecturas y colonias, así como una parte importante del Océano Pacífico y los Alpes. El asombro fue recíproco, pues los visitantes quedaron maravillados ante la vista panorámica que tenían enfrente, admirando las principales ciudades del archipiélago de México a través de los ventanales policarbonatados de las poderosas y elegantes naves. Las ciudades que más impresionaron al magistral Perruno, y a los miembros del Consejo de la junta, fueron Tokio, Kioto, Yokahoma, Nagoya, Osaka y Kumamoto. Todas estas ciudades las pudieron admirar no en vivo, sino a través de sus pantallas gigantes; para esto, varios drones se habían adelantado y mostraron al magistral y a su comitiva, desde mucho antes de llegar a la Tierra, todo el esplendor de las hermosas e impactantes urbes. El magistral era muy culto y había leído algo de la historia de la Tierra y tenía algunos conocimientos sobre sus tres guerras mundiales y sus secuelas y consecuencias. Él leyó de las bombas que destruyeron algunas ciudades de Japón y algo no le cuadraba, pero no le dio más importancia; pensó que se trataba de un error en los libros de historia. Las poderosas naves quedaron suspendidas en el cielo y los integrantes del gabinete ampliado fueron bajando a través de unos tubos curvos que semejaban toboganes. Los gritos de euforia retumbaban en todo Tokio: ¡Ya llegó! ¡Ya llegó! Para ese día La Perri ya estaba en México, lista para recibir al magistral Perruno; había crecido bastante y ya era toda una adolescente. Parecía que el efecto de la pócima del Himalaya se estaba diluyendo y la perra recuperaba su estatura y su edad rápidamente. El magistral Perruno bajó directamente al palacio dentro de una cápsula personal. De ahí, en una de las limusinas de la Perrúbela, se trasladaría junto con ella al Saitama, el estadio más grande del país, donde se le rendirían los honores de acuerdo con su rango. El gabinete ampliado del magistral se integraba por un gran número de pastores alemanes, labradores, *huskies* siberianos y *bulldogs*; así como varias poodles que en las naves hacían las veces de sobrecargos y en los eventos de tierra firme, de edecanes. Se habían dispuesto para el acontecimiento ricos manjares a base de croquetas de diversas marcas, así como huesos, pulque, aguamiel y desperdicios; y para el preludio y los intermedios se contrató un número considerable de artistas que amenizarían el evento con el fin de agasajar lo mejor posible a tan distinguido visitante y compañía. Cuando llegué al palacio presidencial para de ahí trasladarnos al estadio, me sorprendí mucho al ver a la reina muy seria y circunspecta, y muy bien acompañada. Tú estabas ahí con ella, amigo Campítor. ¿Qué estaba haciendo mi amigo sordo, ciego y mudo en compañía de la tirana? ¿Te acuerdas que me quedé pálido de la sorpresa? Pregunté: "¿Qué pasa? ¿Qué sucede? ¿Por qué está Campítor aquí y por qué me miran los dos tan fijamente como si yo fuese culpable de algo? Y lo más extraño: ¿por qué me mira Campítor si es ciego? No entiendo". La perra ya rondaba los dos metros de estatura y los 17 años de edad, vestía extravagantemente y llevaba unos adornos coloridos y vulgares; era una real floripondia. ¡Cómo había crecido en Miami! Además, ya hablaba con más soltura, aunque con sus fallas de siempre y conservando su forma ofensiva de tratar a los demás:

—Te tengo dos noticias, expresidente —me dijo la reina.

—¿Expresidente? No entiendo —expresé.

—Muy fácil. Estás destituido de tus dos presidencias y degradado a cargos más bajos.

—Pero…

—¡Déjame terminar! El ingeniero Campítor es un espía del área de inteligencia y te estuvo vigilando todo este tiempo; ya me contó lo que estás haciendo y diciendo en mi contra; tus calumnias y embustes pa poner al pueblo en mi contra; tus conspiraciones y tus complotes.

—Yo sólo pasé mi reporte, señor Tequito; es mi trabajo. Le pido una gran disculpa.

—Lo entiendo, Campítor. Lo importante es que no estás ciego ni sordo ni mudo. Eres un gran actor. Mereces un Óscar en películas de insidias. ¿Nunca te ha dado por la actuación? Yo conozco una buena amiga que trabaja en Hollywood y te puedo recomendar —te dije.

—Siempre soñé con actuar en una película; muchas gracias, señor expresidente.

—Sigue tus sueños, amigo; yo te apoyo.

—Gracias.

—¿De qué?

—Después platican, señoritas; caminando y miando pa no hacer charco, tenemos trabajo —aseveró la mandataria—. Mira, Tequito, no quiero que te quedes sin chamba. Eres bueno, pero ya no te puedo tener como presidente de ningún país, ya no la haces, ya no confío en ti. Necesitaría volver a entrenarte y eso lleva tiempo. De presidente de Japón te he degradado a maestro de ceremonias de mis festejos, y de presidente de México te degrado a chofer personal. En lugar de las dos presidencias tienes dos trabajos de confianza; no te fue tan mal, je, je. Ahora que tenemos la visita del magistral y sus huestes te pido tu apoyo; qué digo, te ordeno fidelidad y obediencia. Después platicamos bien; ahora hay que darle, que Roma no se hizo en un siglo.

—Pero es que yo....

—¡Nada! Elige *now*; es esto o el destierro.

—¿Dónde está el programa del evento y mi uniforme de chofer? —pregunté.

—¡Ésa es la actitud! ¡Así me gusta! Ya nos vamos, magistral Perruno, Jaime nos está esperando, je, je, je. ¿Jaime? Estamos listos. Se te ve bien la moscova, je, je, je.

—¡Maldita desgraciada!

—¿Qué?

—Que qué bonita su mascada.

—Ta bueno pues; te voy a estar vigilando. Acuérdate que tengo vista de águila.

—Hubo buena química entre el magistral Perruno y la Perrúbela adolescente, ya que eran coplanetarios; incluso hablaban muy parecido, si no es que igual, y sin pronunciar la "R", por lo cual se entendieron muy rápido. En el trayecto del palacio al estadio, la perra no paraba de hablar, llenando de babas la cara del magistral que nomás cabeceaba esquivándolas, pero divertido; yo sentía pena ajena y le pasé una servilleta húmeda al caniche sin que la jefa se diera cuenta. Por más que el magistral le habló a la joven mandataria sobre el planeta Aurita, sobre sus elegantes naves, de sus avances, de sus paisajes, de su cultura, de su marido, tratando de que recordara sus orígenes, ella no recordó nada. Su memoria estaba totalmente bloqueada. Todo lo anterior al accidente se había borrado de su cerebro. Me concentré en la carretera, no quería quedar mal en mi primer día como chofer. Manejaba con precaución, pero alcanzaba a escuchar la conversación optimista y festiva:

—¡Qué bueno que te animaste a venid Magistdal! ¿Quiedes otda todta de despeddicios con cilantdo? —preguntó la madama.

—No, gdacias, Pedúbela, ya me comí tdes —respondió el magistral.

—¿Quiedes un sobde?

—Estoy a dieta, no me tientes, je, je, je.

—Y todavía te falta probar los baguettes de *Dog Chow* sazonado que mandé traer de Osaka, vienen mezclados con Pedigree y Ganador. Te vas a chupar los dedos, digo, las patas, je, je, je, je.

—¡Qué bárbara eres, Perrúbela adolescente! Echaste la casa por la ventana.

—No te fijes, compadre. Vale la pena.

—¡Qué buena mandataria eres! Y además muy querida por tu pueblo y muy joven. Guapa no, la verdad. Tienes un gran futuro, luego sabrás por qué te lo digo.

—El magistral era un caniche muy simpático de las estepas de Chimichurri, chaparrito y sonriente, cuya personalidad conquistó de inmediato a la joven Perrúbela y a todos los demás. ¿Quién no ama a los caniches? ¿Alguien es inmune a su embrujo? Desde hace siglos esta raza amistosa y diligente ha acompañado a los cazadores en la recuperación de las presas, como patos, pichones, pintadas, perdices, faisanes, gansos y otras aves, principalmente cuando éstas caen entre la hierba o en el agua de las lagunas. Ahí es donde los simpáticos caniches entran en acción. Yo creo que por eso no era extraño que el magistral gozara de tanta popularidad en los 13 planetas. Por eso no es de extrañar que desde que estaba en el Chimichurris Garden tuviese tantos apodos cariñosos que le ponían sus amiguitos tanto animaloides como robóticos. Me acuerdo que le decían Pepino, Marmota, Perrerra, Token, Caniche, Rantoncinton, Veinteveinte, Mayonesa, Cachetón, Chucherra, Sarampión, Jurrac, Aschole, Prota, Cocipotuchoromallo, Chispitín, Peluche, Jack, Chiquitín, Leoncito, Cachetón, Chiquitón, Polveras, Perrunito y otros muchos más. De reojo miré y no dejó de extrañarme que el magistral llevara consigo su bastón de mando, ya que se trata de una valiosísima reliquia que tiene un poderoso significado. Quien tenga ese objeto tan codiciado, posee todo el poder de nuestra galaxia. Normalmente el bastón se encuentra resguardado en el palacio pretorial de Aurita, resguardado por 1,000 soldados, seis candados con sensores, alarmas de grado nueve y sistemas de video-vigilancia conectados a la central CCTV e IP, y jamás se sustrae de su baúl, sólo en ocasiones muy especiales, como la transición del poder político, esto es, una entrega-recepción, un cambio de gobernante. ¿Por qué el mandatario interestelar traería su bastón de mando a la Tierra, uno de los planetas más violentos y corruptos del grupo, y arriesgaría ese tesoro? Esa duda me acompañó en todo el trayecto y no me dejó pensar en otra cosa. Me inquietaba sobremanera. Ya en el estadio, en el palco principal, entre torta y pulque y al compás de la banda sinaloense, los dos caninos seguían cotorreando como grandes camaradas. Para esas horas, Rodolfo, tú, yo y todos los demás miembros del *staff* nos moríamos de hambre, ya que no había nada comible para nosotros. Después de la presentación de varias bandas y grupos y de entonarse el himno de la Tierra y el de Aurita, llegó la hora de los discursos y los reconocimientos de acuerdo con el guion. Casi maquinalmente, aun sin reponerme de la impresión de tantas noticias tan impactantes que se aglomeraban en mi mente, presenté brevemente a mi jefa:

—Buenas tardes, distinguida concurrencia que se encuentra presente y también a quienes nos ven por las redes, por la televisión y a los que nos escuchan por la radio oficial y por el megáfono público; también un saludo a los habitantes del planeta hermano, Aurita, que nos ven y nos escuchan por Facebook Live y YouTube Good. A continuación, reciban con un fuerte aplauso a la reina de la Tierra, la joven Perrúbela —anuncié.

—Gracias, Jaime. Te ves bien de tacuche, ja, ja, ja —compartió la perra.

—¡Malnacida!

—¿Qué?

—Que prosiga.

—Así me gusta, respetuoso. Sabes que te puedo degradar más si no te comportas. Dos grados más abajo. Ya sabes que yo soy muy justa, pero me sacan el tapón y…

—Ya está abierto el micrófono, madama, la están oyendo en todo el planeta y también en Aurita; adelante, por favor.

—Gracias, lambiscón. Ya sabía.

—Cuando la perra empezó a hablar no puse mucha atención al rumbo que tomaban sus palabras, pero de lo que sí me di cuenta, pues se notaba bastante, es que estaba hablando muy bien; fue muy diferente a sus discursos anteriores, a los que decía en las audiencias y comparecencias. Parecía otra. Hasta se miraba culta y refinada:

—Pueblo querido, pueblo adorado, pueblo mío y yo de ustedes, me siento henchida de orgullo; este es un día histórico para la Tierra, pues además de que me tienen a mí, tenemos la dicha de tener con nosotros al magistral Perruno, quien se ha trasladado desde el planeta Aurita hasta la Tierra con toda su comitiva, sólo para venir a constatar el progreso, el crecimiento, el desarrollo y la felicidad que priva en nuestro amado planeta. Todos sabemos que no era necesario que se trasladase hasta acá, pues es del dominio público la eficiente gestión de su servilleta. Eso se puede constatar en la felicidad que muestra cada carita aquí en el estadio y en las redes sociales oficiales. Sin embargo, en aras de la transparencia, yo insistí para que el magistral viniese a la

Tierra y revisara él mismo los libros y el trabajo de campo que realizamos con mucho gusto y responsabilidad. Quiero decirles que, a través de estos años de gobierno de la mano del pueblo, me han hecho sentir muy feliz con su amor. Cada vez que visito los más distantes lugares de la Tierra, que me tiran besos, que me dicen bonita y gritan macita pal perico en tono de broma, me demuestran que el amor es grande. Hace mucho tiempo que el amor tocó a mi puerta, pero yo estaba paseando al perro, je, je; es broma. Ahora estoy totalmente convencida de que tengo el eterno amor de ustedes, y es que se siente, se respira por todos lados. ¡Qué bárbaro! ¡Qué amor tan fuerte! —exclamó la perra.

—¡Queremos comida! ¡No hay medicinas! ¡Tenemos hambre! ¡Bajen a la perra! ¡Fuera! ¡Es una tirana! ¡No la queremos! ¡La perra es fascista! —se escuchó entre la muchedumbre.

—Yo también los quiero —dijo la reina.

—¡Pero nosotros nooooo! —retumbó en todo el estadio.

—No alcanzo a escuchar hasta acá, pero sepan que me enternecen sus muestras de cariño y amor y son bien correspondidos, les diré que, en este día, nuestro binomio de gobernados y gobernante se consolida definitivamente, y con más razón hoy en presencia de nuestro querido magistral Perruno.

A continuación, mi estimado amigo Campi, la perra se echó un discurso digno de Ambrosio de Milán, el cual me dejó bastante sorprendido y extrañado, su elogiable perorata versaba sobre el ser original triunfador y la verdad es que habló magistralmente, extraordinariamente. Mucho tiempo no entendí cómo la mandataria logró llevar a cabo esa proeza, pero después me enteré de todo con lujo de detalles. Cuando me lo dijeron no me sorprendí en lo más mínimo, pero sí me sentí decepcionado de nueva cuenta con su eterno proceder. La cuestión es que ella dictó una hermosa alocución que dejó boquiabierta a la nutrida concurrencia, que si bien no estaba exenta de ego, la verdad es que era una joya de la oratoria. La prédica versaba en estos términos:

—Viajamos en forma vertiginosa y errática a través del Universo, inmersos en una vorágine inestable, convulsa y efímera que nos recuerda constantemente nuestra crítica condición de frágil vulnerabilidad. Sin embargo, nuestra creatividad e innovación se imponen ante tan avasalladora entropía y desarticulan eficazmente sus ansias destructoras, catapultándonos a la conquista de hermosos horizontes pletóricos de éxitos, grandeza y bienestar. Es el momento de refrendar nuestro compromiso con la vida, con la sociedad terrestre y con el resto de los planetas, y resurgir como el ave fénix, desde sus cenizas. Sé que todos ustedes tienen sueños, ilusiones, pasión y que aspiran a ser cada día más exitosos; sé que ustedes piensan y sienten que eso es muy difícil, casi imposible, pero yo les digo que lo pueden lograr, sé que lo pueden lograr; la decisión radica dentro de nosotros. Ser un triunfador no se logra de la noche a la mañana, se requiere de años de esfuerzo y dedicación, de desvelos, de estudios, de dolores de cabeza. Para el logro de nuestros objetivos es menester fortalecer la autoestima y la confianza en lo que hacemos. No podemos ir por el mundo criticando la basurita en el ojo ajeno e ignorando la viga en el nuestro. Tenemos que cambiar nuestro modo de percibir las cosas, uniendo la palabra a la acción, siendo autocríticos. Es menester dejar atrás la mediocridad y el conformismo; enfrentar las crisis con valor y decisión, como el surfista que va directo a la gigantesca ola con la determinación de vencerla o usarla a su favor; como el alpinista que va en pos de la cumbre más alta sin importarle el riesgo de las avalanchas y deslaves, sólo le importa la gloria de estar en el pináculo. Es tiempo de despertar en todos los terrestres la mentalidad de triunfadores, de que nos convenzamos que nuestra suerte puede cambiar, de que podemos elevar nuestra calidad de vida hasta el infinito; sólo se requiere decisión, perseverancia y voluntad inquebrantable. Para lo anterior es necesaria la unidad sin distingos de colores e ideologías, todos como hermanos, como un solo ente, con un solo objetivo hacia la conquista de nuestros ideales y al refrendo de nuestros principios. Tenemos que asegurarnos de tener la consistencia y la maleabilidad del agua para adaptarnos a todos los cambios que nos va presentando la existencia. Si nos quedamos estáticos, inertes, no correremos riesgos, pero tampoco avanzaremos en el camino; en cambio, si nuestra decisión es luchar contra la corriente, como lo hace el salmón río arriba, estaremos en constante riesgo, pero desarrollando el divino ejercicio de la prosperidad y del crecimiento sin límites. Decía Madrazo, un distinguido terrestre: "Existen dos tipos de personas; las que nunca fracasan y las que tienen éxito: las primeras nunca fracasan porque nunca intentan nada; las segundas acumulan tal cantidad de fracasos, que a través de ellos aseguran un éxito rotundo". Igual le pasó al más grande cazador de vampiros, a quien le decían el gran perdedor, pues perdió elección tras elección hasta que ganó sólo una: la presidencia de uno de los países más poderosos del planeta, hace 200 años. El pueblo siempre consigue lo que desea cuando es emprendedor, solidario y organizado; como ejemplo está lo logrado por Japón, digo, por México; de ser una nación materialmente destruida por la guerra, hoy en día se erige a la par de las más poderosas del mundo y es un ejemplo vivo de prosperidad y paz social. Pidamos correctamente a la vida lo que requerimos para nuestro éxito y ella nos proporcionará las herramientas para poder triunfar, porque la vida es como el eco que invariablemente nos devuelve lo que le damos. Si gritas, el eco te devuelve gritos; si ríes, el eco te devuelve carcajadas, así es la vida. Si tú le das lo mejor, la vida te devolverá siempre lo mejor. Soñemos e imaginemos lo que queremos ser, ese es el primer paso; después pidamos los insumos correctos, ese es el segundo paso; finalmente utilicemos esos insumos con honestidad, disciplina, sapiencia y responsabilidad, ese es el tercer paso. Pero antes debes imaginar todo, soñar. Albert Einstein decía: "¿Qué sería del mundo sin los soñadores?". Ellos imaginaron en su tiempo que el hombre podía volar, encender un foco, comunicarse a través de un cable, crear la radio, el telégrafo, etcétera. Yo he soñado antes todo lo que después he logrado y he sido muy persistente, muy terca, muy obstinada y perseverante; y el resultado no pudiera ser de otra manera, no hay que rendirnos a la primera ni a la segunda, jamás. Thomas Alva Edison llegó a la bombilla incandescente después de 5,000 intentos; imaginémoslo a la mitad de sus experimentos: ¿de no haber sido un terco consumado hubiese logrado su objetivo?

—¡Nooooo! —replicó la muchedumbre.

—¿Escucharán y aceptarán mis consejos?

—¡Síííííí!

—¿Los pondrán en práctica?

—¡Síííííí!

—¿Serán triunfadores?

—¡Síííííí!

—¿Llegarán a la meta?

—¡Síííííííí!

—¿Serán como yo?

—¡Noooooooo!

—Es broma, ¿verdad?

—¡Noooooooooo!

—¿Qué? Bueno, yo creo que sí es broma. El crecimiento es permanente y el poder destacar en la vida solamente está reservado para aquellos que tienen la osadía de buscar su superación día con día. Sigan luchando por sus ideales, sigan luchando por las causas que valen la pena, por nuestro movimiento, por el pueblo. Todos los seres vivos tenemos una vocación, un llamado a ser mejores, sólo hay que pagar la colegiatura para realizar plenamente ese ser, descubrir hacia dónde queremos ir y dejarnos llevar. Debemos preguntarnos con toda sinceridad: ¿quién deseo ser? ¿Qué deseo lograr en la vida? ¿Qué quiero realizar? Hay cierto tipo de actividades que ustedes gozarán plenamente al realizarlas, y es ahí donde descubrirán plenamente su vocación y potencialidad. El más usual de los epitafios reza así: "Fulano de tal nació, vivió y murió, y nunca supo para qué existió". ¡No más epitafios anónimos! Querido pueblo, me despido con estas palabras de mi propia inspiración: la excelencia es cambiar para mejorar; mejorar es madurar, y madurar es irse construyendo a sí mismo sin fin. No se detengan, no claudiquen, sigan adelante hasta lograr el éxito. ¡Viva México! ¡Viva la Tierra! ¡Vivan los 13 planetas! ¡Viva el Magistral Perrunooooo! ¡Viva yooooooo!

—El magistral Perruno no escuchó todo el discurso de la mandataria, sólo el principio y el fin; no entendió casi nada debido al ruido estruendoso de los aplausos y de los gritos de protesta. Además, se entretuvo en una placentera tarea que estuvo desempeñando en el ínter. Y es que un cocinero gordo se había quitado sus chanclas para descansar de la dura faena y el magistral Perruno, como buen caniche, aprovechó para lamerle los pies con mucha diligencia y placer. El magistral pasó su lengua, por varios minutos, de un pie sudado a otro, alternando rítmicamente sus movimientos mientras que la perra había desarrollado su bonito discurso ante la euforia de la gente arremolinada en el estadio y algunas manifestaciones de protesta. En realidad; muchas manifestaciones. Cuando el magistral Perruno quedó satisfecho y consideró que había cumplido con su deber, moviendo el rabo alegremente se acercó de nuevo a su amiga y coplanetaria, quien en ese momento concluía su actuación:

—Magnífico discurso. Se nota que te aman. No alcancé a entender lo que decías, pero toda la gente se ve muy contenta; tus gobernados tienen mucha suerte de tenerte como su lideresa. ¡Te felicito, amiga! —le dijo el magistral.

—Es que he gobernado con mucha humildad, justicia y sensibilidad. Pa mí primero son los pobres, jamás los abandonaría; me quedo sin comer por darles alimento a ellos; vivo entre ellos. Mira mis zapatillas todas terregosas y con el tacón quebrado y mi bolsa rota y sin morlacos.

—Madama, la gente tiene hambre. Se han desmayado siete. Andan trabajando desde las cuatro de la madrugada de ayer sin comer y sin dormir por preparar el templete, la logística y todo lo demás; se la han rifado machín —comentó Rodolfo.

—No seas imprudente, Rodolfo. ¿No ves que estoy ocupada? ¡Que se aguanten! Hay estudios que aseguran que una persona puede durar hasta 45 días sin comer; ustedes no llevan ni dos días ayunando —replicó la reina.

—Pero es inhumano.

—Pues acuérdate que yo no soy humana; cuando no me conviene, je, je, je.

—Pero es que todos han trabajado parejos; merecen comer, beber y dormitar.

—Hay toneladas de Pedigree y de Ganador.

—Pero es comida para perros. Nosotros somos humanos. ¿No lo entiende? Nosotros comemos otras cosas: carne, pan, frutas, arroz, plátanos, coca-colas, tostitos, palomitas, más tostitos.

—Ya, chillón; cállate, te va a escuchar el magistral. Tenemos que ahorrar; me estás haciendo quedar mal. Tómate un pulque con fresa y aguántate un rato.

—Pero es que…

—¡Pero es que nada! ¿Quieres que te pase lo que a la secretaria de mi compadre Pancho?

—¡Noooo! Eso no.

—Entonces sosiégate. Te voy a guardar sobras de las tortas y de las baguettes.

—Pero son de *Dog Show*.

—Quítale el relleno y cómete el pan.

—No me gustan.

—Sí te gustan.

—Yo seguía muy disciplinado dando seguimiento al programa en mi calidad de maestro de ceremonias del evento; me convenía. Además, no me quedaba de otra:

—Atención estimada y amable concurrencia, en vista de que se terminó el receso, les solicitamos muy atentamente que tomen sus lugares. Seguimos con el programa. Por favor, tomen sus lugares. ¡Por favor! Los que están en los pasillos y en los baños regresen a sus lugares para poder continuar. Si no se sientan no seguiremos con el programa; acomódense, por favor —anuncié—. Parece que ya; okey. Para mí es un gran placer, en representación del ministerio terrestre, dar la bienvenida al magistral Perruno y a sus distinguidos acompañantes. Pocas veces la Tierra se ha engalanado con una comitiva tan especial, por lo cual nos sentimos plenamente complacidos y orgullosos. Valiéndome de este podio me permito ofrecerle al adorado magistral las llaves de México y de la Tierra. Esta es su casa; puede quedarse cuanto guste, hacer lo que quiera. Es usted muy bienvenido junto con su gabinete. Y ahora, sin más preámbulos, con ustedes, el único, el mejor, el original magistral Perruno, para quien pido un estruendoso y exagerado aplauso. ¡Adelante, magistral!

—Gracias, Jaime —enunció el magistral.

—El magistral Perruno inició su discurso normalmente, como inician sus discursos todos los magistrales galácticos cuando visitan otros planetas o satélites, saludando y agradeciendo las atenciones de las autoridades y también del público presente. Hubo un momento en que el perrito trastabilló y casi se caía del templete; ya llevaba varios vasos de pulque. Sin embargo, pudo controlarse y proseguir con su discurso, que también fue una obra de arte, una joya literaria. Lo extraño es que, a pesar de su hermosa ponencia, el magistral no encendió a la multitud; por el contrario, la gente bostezaba, algunos se pusieron a jugar a la rayuela y otros se fueron; la verdad es que él no despertó el menor interés en la concurrencia. Y es que el discurso del magistral parecía una copia del que pronunció la Perrúbela; detalle bastante extraño y sospechoso. Después de su interesante y sobresaliente discurso, que a nadie le importó, el magistral soltó una noticia que sí llamó la atención de todos; a mí, particularmente, me dejó impactado y casi sin respiración. Fue algo increíble, inusitado, inesperado, inverosímil. Todavía resuenan las palabras del magistral en mis oídos y me siguen estremeciendo al igual que aquel día, y no es para menos. Campítor, tú te debes de acordar muy bien de lo que dijo el magistral de sopetón aquel día que significó un antes y un después en la transformación del planeta:

—Desde hace décadas tenía el deseo y la intención de visitarlos, queridos amigos, ya que este es el planeta que más le gustaba a mi padre. Ese es uno de los principales motivos que me jalaban a venir a conocerlos. Siendo yo apenas un cachorro, mi querido papá me contaba sus grandes aventuras que vivió en la Patagonia, en Las Vegas, en la Muralla China y en el Ojito, y lo bien que lo trataban los humanos; tan cariñosos y solidarios con la raza perruna, caniche toy, con la toy Smart 1, con la toy gossip, con la toy gibberish, con las akitas dumb y con las más de 5,000 razas que habitamos el planeta Aurita. Yo ya conocía la Tierra, sus tradiciones y sus bonitas maravillas naturales, y ya los amaba a ustedes por metástasis, por telepatía, por vocación perruna, a través de mi padre amado —recitó el magistral.

13

LA PRIMICIA

—Estos momentos de júbilo, entusiasmo y frenesí deben aprovecharse, conservarse, alargarse lo más posible, disfrutarse al máximo y seguir con las buenas nuevas que alimentan el alma y el espíritu —articuló el magistral—. Es tiempo de dejar atrás los resentimientos y conflictos ancestrales que sólo nos hacen daño y nos mortifican sin necesidad alguna. Porque en este preciso momento tengo una magnífica noticia que darles; es una primicia; es un asunto que muy pocos saben, pero que estremecerá las fibras de toda la galaxia. Sé que traerá fe y esperanza de un futuro mejor a esta Tierra tan querida, lo que ya merecen ustedes por justicia y derecho. Amigas y amigos terrestres, después de mucho tiempo en el servicio público sideral, me retiro definitivamente; así como lo oyen. No sin pesar me permito informarles que me voy a separar del cargo de magistral de los 13 planetas, cargo que orgullosamente he ostentado durante 200 largos años perrunos y que precisamente hoy llega a su fin. Reconociendo que en este tiempo he tenido presiones y contratiempos muy fuertes en el cumplimiento de mi deber, tampoco puedo negar que son muchas más las satisfacciones y los logros obtenidos, por lo cual me siento muy orgulloso, satisfecho y bendecido. Considero que ya se ha llegado el momento de mi jubilación, de mi descanso y de dar paso a sangre nueva, a ideas nuevas que le den un cambio de ritmo a la política y al engrandecimiento de este conglomerado galáctico. A partir del próximo mes de septiembre me mudaré a Júpiter o a Saturno, aún no lo decido en definitiva, pero en uno de esos dos planetas pienso pasar mi vejez y disfrutar con mis grandes amigos perrunos y humanos el tiempo que el Creador me permita seguir en este plano. Desde hace tiempo me he dado a la tarea de buscar a mi sustituto en los 13 planetas. En mi largo caminar he conocido gobernantes, ministros, parlamentarios y todo tipo de servidores públicos muy eficaces y visionarios, con perfiles muy valiosos, que sin lugar a dudas merecen, por su historial y habilidades, ocupar con honor el cargo de magistral que esta tarde quedará vacante y disponible para las mentes más brillantes de los 13 planetas circundantes. Y es que se requiere de seres que tengan una gran vocación de servicio, inagotable sabiduría y un corazón enorme; de alguien que ame a su pueblo, que ponga por encima de toda ambición de poder el inalienable derecho que tienen los individuos de anhelar el progreso, de aspirar alcanzar sus objetivos y metas, a soñar con un nivel de bienestar que les permita tener una vida digna; alguien que privilegie la inclusión y el respeto para todos. Después de llevar a cabo una valoración a conciencia, apoyado por los líderes más destacados de mi gabinete y por mis consejeros jurídicos y políticos, he llegado a la decisión final. No omito mencionarles que tuve junto con mi equipo un reto bastante difícil al tomar esta decisión tan importante y trascendental, esto debido al gran número de perfiles competitivos que analizamos y que por supuesto merecen esta distinción. Quiero comunicarles, para su felicidad y orgullo, que el próximo magistral de los 13 planetas, cuya magistratura y prefectura tiene su sede en el planeta Aurita, ha entregado su vida al servicio público, dando siempre lo mejor de sí; es terrestre por accidente y auritense de nacimiento, es ultrarecontrasuperfenomenal y acaba de entregarles un conmovedor y maravilloso discurso. Sí. ¡Señoras y señores, reciban con un fuerte aplauso al nuevo magistral de los 13 planetas por un periodo de 200 años perrunos! Con ustedes, la más grande, la más buena, la más querida, la más guapa, bueno, guapa, no... La más eficiente y competente: ¡La Perrúúúbeeelaaaaaa! Sí, suertudos terrestres; con ustedes, su nueva magistrala... ¡Laaaa Peeeerrúúúúúúbeeeeeelaaaaaaa! Pero... ¿Dónde está?

—Los estruendosos aplausos y gritos de protesta se mezclaban y difícilmente se escuchaban las voces de quienes trataban, dentro de aquella algarabía, primero, de localizar y, después, de despertar a la Perrúbela con el fin de darle la buena nueva:

—Está dormida, señor magistral; es por el pulque que tomó. Está totalmente borracha y cuando se pone así despierta hasta el día siguiente —dije.

—Bueno, hay que despertarla para darle la noticia y para que reciba en sus manos el bastón de mando —repuso el magistral.

—¡Despierte, madama! ¡Señora zorra! —exclamé.

—¿On toy? ¿On voy? ¿Qué horas soy? —preguntó la Perrúbela.

—Mandataria, muchas felicidades; acaba de ser nombrada magistrala de los 13 planetas —le informé a la perra.

—¡Quiero un jarro de pulque!

—Pero, madama, reaccione; fue nombrada magistrala.

—¿Qué horas son? Tengo hambre.

—Denle un café espresso para que se despierte bien.

—No hay café.

—Una cubeta de agua fría, un té, un levantamuertos, un hueso. Lo que sea, pero rápido —aseveré.

—¿Quién iba a imaginarlo, Campítor? Las sorpresas que nos da la vida: la hiena de magistrala. Tardé bastante en asimilar la noticia. No lo podía creer, pero me sobrepuse y pues a otra cosa mariposa. ¿Qué más podía hacer? No cabe duda que su poder de la suerte sí es una realidad. Yo pensé que ella tenía también el poder de la ventriloquía o la fonomímica al escuchar su perfecto discurso sobre la originalidad y el éxito, pero no. Después me enteré de lo que pasó ese día de festejos y buenos deseos ante la visita y la presencia del magistral Perruno; me lo contó con lujo de detalles un famoso ingeniero publicista del área de sistemas computacionales y de comunicación social del ministerio terrestre. Te explico. Resulta que dada la ocasión tan relevante, el magistral Perruno traía preparado para el magno evento un excelente discurso que su equipo de comunicación interestelar le confeccionó con mucha anticipación, escrupulosa y minuciosamente. Ingenuamente, el caniche le dio a guardar la USB con el discurso y el audio a la Perrúbela; ésta, siempre ventajosa y gandalla, no desperdició la oportunidad. Ni tarda ni perezosa, la reina mandó copiar e imprimir el discurso en su totalidad. Aquella tarde cuando escuché a la perra me pareció muy extraño que hablara con tanta propiedad y soltura, pues ella carece de habilidades retóricas; en general carece de todo tipo de habilidades. Sus compinches la prepararon y la instruyeron muy bien para que su intervención fuera impecable. Le consiguieron un *teleprompter* universal de baterías que ni el presidente Eisenhower usó en sus buenos tiempos de adicción a esos aparatitos, por lo que no había riesgo de que la zorra se equivocara, incluso siendo tan inepta y analfabeta, pues le instalaron unos audífonos especiales para sordos y una pantalla gigante enfrente. La voz del magistral retumbaba fuertemente dentro de sus orejas y ella nomás repetía lo que escuchaba. Por eso, a pesar de que hubo momentos en que la perra estornudó, tosió, le dio un sorbo al pulque, le dio tremendas mordidas a una torta, etcétera, jamás perdió la concentración. Ahora podrás entender por qué cuando el magistral dio su mensaje la gente no mostró interés, pues ya se lo sabían. Era exactamente el texto que acababa de pronunciar la reina; cada palabra, cada frase. Ahora, amigo mío, ha pasado el tiempo y ya esa etapa de traiciones y engaños está en el olvido; las heridas han sanado y he llegado a la conclusión de que es mejor enterrar todo ese asunto en el olvido. También he llegado al pleno convencimiento de que la perra no es tan mala, pues en primer lugar me perdonó todas las ofensas que le hice y en segundo lugar me nombró rey provisional de la Tierra. ¿Puede alguien malo hacer eso con alguien que la atacó tan duramente? Ahora yo puedo tener control de todo el globo terráqueo y hacer obras en cualquiera de sus rincones; hemos estado mejorando las condiciones de los más desposeídos, la economía está repuntando, las actividades primarias se reactivaron, han aumentado los empleos, ya no hay corrupción, la gente vive muy feliz y el futuro nos sonríe. Me he enterado de que a la Perrúbela le va requetebién como magistrala, pues se agenció un gabinete de primera, el mismo que tenía el magistral Perruno; ese equipo de especialistas experimentados hacen todo el trabajo. Supe también, a través de mis contactos, que la magistrala está en tratamiento para su trastorno mental y que, por supuesto, ha mejorado bastante; ha aprendido a delegar y eso le ha dado muy buenos resultados. Ahora deja que los demás se encarguen de todo. La estrategia de no hacer nada y no estorbar le funciona de maravilla y se ven a simple vista los beneficios para los 13 planetas, que viven en paz, armonía y bonanza. La vida de la Perrúbela dio un giro de 90 grados: ahora gusta de hacer largos viajes por toda la galaxia en sus lujosas naves, recorriendo los rincones luminosos, las nebulosas, el camino de Santiago, los hoyos negros y todo lo que era desconocido para ella. No se queda con ningún antojo, a todas partes va. Quizás es un reencuentro con esos lugares que visitó en su vida anterior en el planeta Aurita y sus alrededores, pero que aún no alcanza a recordar. Los sitios que más frecuenta son los anillos de Saturno porque ahí radica el señor Perruno y le encanta visitarlo, acompañada invariablemente por su compadre Pancho, quien desde el inicio de su gestión galáctica funge como su flamante secretario particular. También en los anillos la magistrala se reencontró de casualidad con su hijo mayor Enepegeito y ocasionalmente lo visita, pero más al señor Perruno, la verdad. El resto de la historia ya te la sabes muy bien, amigo. Te nombré a ti presidente de Japón y a Rodolfo presidente de México. Claro que ahora México es México y Japón es Japón, como era antes. Nomás nos falta devolver el status de países al resto de las colonias, pero eso no es urgente, así estamos bien de momento; así controlamos todo desde el gobierno. Hemos revocado la mayoría de los decretos de la exmandataria y regresado todo a su normalidad; es cierto que batallamos bastante, pues era mucho el daño que la antigua reina hizo al golpeado planeta, pero vamos avanzando en la reconstrucción hacia una verdadera transformación, tratando de minimizar los efectos de esa herencia maldita. Reconozco ampliamente que tú y Rodolfo han sabido gobernar con responsabilidad y eficiencia, y la verdad estoy muy contento con ustedes. Sé que ustedes conmigo también; todo mundo sabe que hacemos un gran equipo. Los resultados no mienten. Sé que ustedes llevan correctamente los asuntos políticos y administrativos de sus respectivos países y sus importantes responsabilidades constitucionales; así yo puedo desplazarme a visitar otras regiones que por mis cargas de trabajo anteriores, y por tener siempre encima a la reina, me era imposible atender como era debido. La Tierra ahora es un lugar hermoso y digno para vivir; se ha erradicado el populismo y diluido la sombra del capitalismo que se cernía sobre nosotros; desterramos las viejas prácticas monopólicas y corruptas y regresamos a la democracia representativa que por supuesto nos permite elegir a nuestros gobernantes a través de las urnas. Claro que por esta ocasión ustedes accedieron a sus cargos por dedazo directo del rey, je, je, es decir, de tu servilleta; al igual que en mi caso, que fui designado por la magistrala Perrúbela sin que mediase un proceso electivo. Pero pues ya sabemos que no había nadie con mis habilidades. Si hubiese habido elecciones yo gano de todos modos porque tengo el mejor perfil. Debido a las circunstancias especiales que existían en aquel momento era necesario hacerlo de esa manera. Mis adversarios dicen que mi gobierno es autoritario. ¡No, por Dios! ¡Toco madera! Lo que pasa es que quiero asegurar algunas reformas estructurales en beneficio del pueblo y no había tiempo de organizar elecciones. Aunque recibí las arcas vacías y con una gigantesca deuda, ya vamos enderezando el barco; y es que había muchos derroches irresponsables. Pero ya te he platicado de ese tema varias veces y no es la idea aburrirte con lo mismo. Más adelante, cuando las condiciones se den, cuando hayamos transformado al planeta, cuando tengamos bases más sólidas, repensaremos la idea de deshacernos de esa serie de paradojas que nos lastiman y nos recuerdan el gran déficit democrático que padecemos. Y claro que volveremos a usar las urnas y a reactivar al OEA; se lo tengo prometido al pueblo y yo nunca le mentiría. Si yo soy el pueblo, ¿cómo me voy a mentir a mí mismo? Eso apenas un tonto lo pensaría siquiera, je, je, je. Yo ahora estoy dedicado cien por ciento a gobernar para mi gente; ya no me pertenezco, ya soy parte del pueblo, yo soy el pueblo. Si no lo crees, mira mis zapatos sucios y mi cartera vacía. Los recursos se han vuelto muy escasos, por eso hemos suspendido temporalmente, y con mucho dolor de mi parte, todos los programas de ayuda para la gente más pobre. Sé el sacrificio que esta decisión representa para el pueblo y para el gobierno porque también nosotros nos hemos solidarizado y sacrificado junto con la gente. Tú y Rodolfo lo sufren junto conmigo y con el pueblo. Como un modo de contrarrestar la fuerte crisis, estamos pidiendo coperachas voluntarias al pueblo y en breve dictaré un decreto para que esas aportaciones sean obligatorias, ya que mucha gente se niega a cooperar. Y es que cada día nos urgen más recursos; hay muchas necesidades por resolver. Entre las más apremiantes está el mantenimiento a los helicópteros blindados que utilizamos para las giras, la adquisición de autos deportivos, relojes inteligentes y limones; también es necesario seguir ampliando y modernizando el castillo para comodidad y seguridad de su rey. Entre las muchas y muy diversas estrategias recaudatorias hemos iniciado, recientemente, una intensa campaña de expropiaciones de empresas que antes eran propiedad de multimillonarios acaparadores; de los monopolizadores que siempre han abusado del pueblo. Estos recorridos para llevar a cabo las expropiaciones los hacemos desde el aire, desde los helicópteros, ya que nosotros no podemos mezclarnos con el pueblo debido a la creciente violencia y a las enfermedades infecciosas que siguen brotando por doquier; no queremos contagiarnos y que el pueblo se quede sin gobernantes. ¿Qué sería de la gente si nosotros les faltásemos? Otra actividad que estamos llevando a cabo es vender las naves que nos quedan, las casas y las fábricas, esto con el fin de obtener más fondos para darle ayuda a la gente más necesitada; todos van a recibir su apoyo. Lo que sí le vamos a pedir a nuestra gente es que tengan mucha paciencia porque la ayuda va a tardar en llegar; hay gastos más prioritarios que tenemos que solventar primero. El pueblo tiene vocación de mártir y se aguanta y se espera. Así somos los del pueblo; no nos hace ni la lumbre. Sé que en esta transformación morirá mucha gente inocente, otros quedarán sin sus hogares y otros más perderán sus empleos y sufrirán muchas penurias más. Sin embargo, es una situación que estoy dispuesto a sufrir. Es sorprendente, amigo mío. A pesar de todo, la gente está feliz con nuestro gobierno; nuestra aprobación se mantiene alta y cada vez somos más populares, ya que como tú bien sabes, ha crecido el número de pobres y eso nos beneficia. Dentro de su irracional hipocondría, el sacrificado corazón de la gente siempre se encontrará pletórico de esperanza y fe en un futuro halagüeño; saben que en nuestro gobierno tendrán siempre solidaridad, apoyo moral y una real defensa y protección en contra de sus perversos enemigos imaginarios, je, je. Eso nos garantiza votos y popularidad para las más grandes elecciones, que habrán de llevarse a cabo próximamente en la Tierra, donde tendremos que ratificar constitucionalmente nuestros cargos provisionales. Y lo más importante, querido amigo, a nosotros nos corresponde irrenunciablemente asegurarnos que el efecto placebo jamás pierda eficacia; así la gente no nos reclamará por sus carencias, las que desafortunadamente crecen cada día más por culpa de los gobiernos anteriores. El objetivo principal de nosotros debe ser asegurarnos que esta época de vacas flacas sea más llevadera y soportable para el pueblo; asegurarnos de que conserven la fe y la esperanza, o cuando menos que permanezcan motivados hasta los comicios del 2060, que ya están a la vuelta de la esquina.

FIN

www.ingramcontent.com/pod-product-compliance
Lightning Source LLC
Chambersburg PA
CBHW050657290626
47170CB00015B/1633

9 781637 651841